U0108467

魔幻偵探所

12

莊園鬼影

關景峰 著

新雅文化事業有限公司
www.sunya.com.hk

魔幻偵探所

人物介紹

南森

身分：魔幻偵探所創辦人、領頭羊

年齡：120歲

畢業學校：斯塔福德學院（伏魔系）

學位：博士

捉妖經驗：108年，獲得「捉妖能手」、「怪獸剋星」等稱號

性格：遇事鎮定、善於思考，生氣時聽到幾句好話氣就消了

最具殺傷力的武器：
顯形粉、綑妖繩、無影鋼鐵牆

海倫

身分：魔幻偵探所成員，南森的得力助手

年齡：13歲

畢業學校：劍橋大學（法術系）

學位：學士

捉妖經驗：1 年

性格：開朗、逢事觀察細緻，吵架時總讓着本傑明

最具殺傷力的武器：綑妖繩、凝固氣流彈

本傑明

身分：魔幻偵探所實習生

年齡：11 歲

就讀學校：牛津大學（捉妖系）

捉妖經驗： 3 個月

性格：聰明淘氣、遇事毛躁

最厲害的戰術：非常規戰術

派恩

身分：魔幻偵探所實習生

年齡：10歲

就讀學校：倫敦大學魔法學院
（反幽靈技術系）

捉妖經驗：1個月

性格：聰明活潑，非常好勝，有時候喜歡誇誇其談

保羅

身分：魔幻偵探所機械狗

年齡：100 歲

工作能力：無所不知的電腦資料庫，善於用百分比分析事物

性格：異想天開、調皮、懶惰

最喜歡的食物：潤滑油

最具殺傷力的武器：追妖導彈

特級裝備

綑妖繩

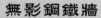

能夠對準魔怪迅速旋轉收縮，將它綑緊綁實，繩子一旦落到魔怪身上，就像嵌入肉裏，魔怪越掙脫綁得越緊，當然放繩子時可要放得準才行。

無影鋼鐵牆

這堵牆其實就是氣流，它把氣流變成了無影無形的鋼鐵牆壁，能將敵人困在其中，衝不出去。

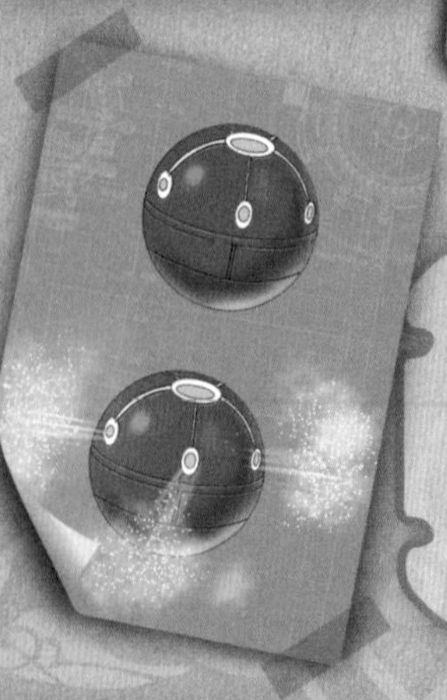

顯形粉

這是一種非常神奇的粉末，即使魔怪偽裝、隱形了也完全能顯現出它的原形。對了，「顯形」就是「現出原形」的意思！

裝魔瓶

能把魔怪收進裏面，使其在三天內化成清水的神奇瓶子。即使魔怪身形再龐大，也能收進瓶內。

幽靈雷達

能夠準確測定氣流存在的方位，並及時發出警報的裝置。它能跟蹤、測定魔怪在哪裏。不過，如果魔怪的魔力非常強，幽靈雷達有時候也可能測不到，它的更強大的功能還有待你去改進！

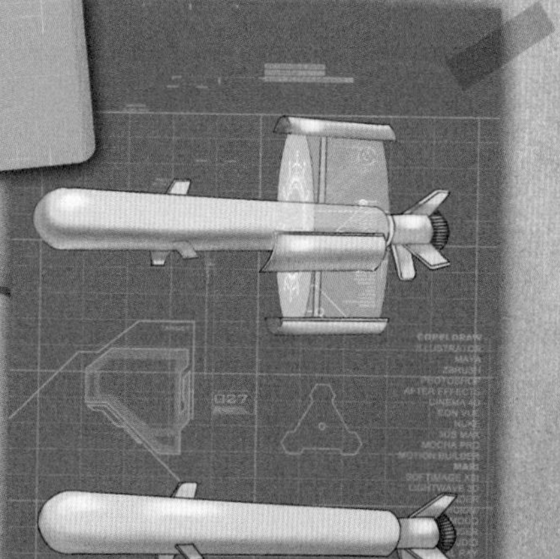

追妖導彈

能夠自動尋找魔怪，進行智能追蹤的導彈，這種導彈威力比較大，一般魔怪根本抵抗不了。

魔幻偵探開始行動！

目錄

第一章　德文郡來的管家

雨水沖刷着貝克街，這場雨從昨晚就開始下，快中午了，好像沒有一點要停下來的意思。貝克街上，不停地有汽車駛過，偶爾也飄過幾把雨傘。

一輛寬大的汽車從街角轉了進來，速度很慢，也許是司機並不熟悉道路的緣故。汽車在貝克街1號門口緩緩停下，停在路邊。

車門打開，駕駛室裏有個人探出了頭，他皺着眉頭看着外面的雨，又看了看貝克街1號魔幻偵探所的門牌，隨後飛身下車，快速關上車門，幾步衝到偵探所門前，按下門鈴後撣了撣落在衣服上的雨水。他穿着一身很考究的西裝，年齡在四十歲左右。

門被打開了，本傑明和保羅探出頭來。

「這裏是魔幻偵探所？」那人看見本傑明，連忙問，「我想找南森博士。」

「請進。」本傑明連忙把門打開，讓那人走了進來。

房間裏，博士正和海倫説着話，看到進來了人，博士連忙站起來。

「請問您是南森博士吧？」來人很恭敬地看着博士。

「我就是。」博士點了點頭。

「啊，太好了。」那人優雅地彎了彎腰，「我叫沃爾特，是德文郡奧布里莊園的管家，我家老爺奧布里先生派我來求救……」

沃爾特的語速越來越快，情緒也明顯地越來越不安。

博士做了一個邀請的動作。「啊，沃爾特先生，您請坐下來慢慢說，不要着急。」

「謝謝。」沃爾特走到一把椅子邊，向大家欠欠身子然後坐下來。

博士把小助手們介紹給沃爾特並問道：「那麼，您家老爺遇到了什麼麻煩事呢？」

「昨晚莊園裏鬧鬼，有個鬼怪要害奧布里先生，奧布里先生差點就被殺害，天一亮我就開車過來，他讓我請你去抓鬼，他曾經看到過有關你們的報道……」

「這麼說你家老爺還活着？」本傑明插嘴問道。

「是的，他還好。」沃爾特連忙說。

「什麼樣的鬼，你能具體描述一下嗎？」博士微微地皺着眉問。

「我可沒有看到。」沃爾特連忙擺擺手，「是我家老爺看到的，他説睡覺時感到非常冷，矇矓間卻看到一個飄動着的傢伙，穿着斗篷，黑黑的眼圈，尖尖的手爪，和電影裏的鬼差不多……」

「鬼怪出現時確實會有寒氣相伴。」博士皺皺眉，「它攻擊奧布里先生了嗎？」

「沒有。」沃爾特搖搖頭，「如果它攻擊了老爺，那老爺一定沒命。噢，對了，老爺説那鬼是凌晨一點進入他房間的，門沒有被打開，鬼是穿牆進去的。」

「聽上去……」博士手托着下巴，若有所思地點點頭。

「聽上去像是真有鬼怪出沒。」本傑明飛快地接過話，「不過我看還是什麼人搞的小動作，一點新意都沒有。這個奧布里先生可能得罪過什麼人，要不就是有人圖謀他的財產。」

「你是説有人裝神弄鬼？」沃爾特看着本傑明。

「是的，我們遇到過太多這樣的事情。」本傑明聳聳肩。

「我想也是。」沃爾特把手一攤，「哪裏有那麼多鬼怪呀，我也覺得不大可能，老爺半夜叫了起來，我們就都跑去他的房間，結果什麼都沒發現。不過從他的樣子看，他真是嚇壞了，我想他確實遇到了令人驚恐的事，他要我一定得把你們請去。」

「你們沒有報警嗎？」博士問。

「沒有，老爺說他看見的就是鬼，這事只能找魔法偵探。」

「沒錯。」博士對沃爾特微微一笑，「你家老爺說感到很冷，接着鬼怪就出現了，這看上去確實很像鬼怪出現……我們就去一次吧，否則你要為難了。」

「啊，真是太感謝了。」沃爾特連忙站起來，「那就麻煩你們跑一趟吧，如果真是有人裝神弄鬼，也請你們把他抓出來，費用方面，你們儘管開價……」

「這不是錢的問題。」博士笑笑，「實話實說，這段時間我們一直沒有委託任務，我也想出去走走，德文郡是個很好的地方。當然，你們要是願意支付不錯的偵緝費用，本偵探所也很樂意接受。」

說完，博士對幾個小助手擠擠眼睛。海倫笑了起來，前些天博士還說要添置一些實驗器材，正抱怨經費不足呢。

「你們的莊園在德文郡的什麼地方？」海倫問道。

「阿克斯明斯特，德文郡的最東端。」沃爾特說。

「阿克斯明斯特？」博士眨眨眼睛，「聽說過，可我還真沒去過。那好，我們收拾一下東西，馬上就去。」

「太好了。」沃爾特很高興，「車在門外，我們開車去，用不了三個小時就能到。」

沃爾特在客廳等着，魔幻偵探所的成員們都去收拾行李。海倫整理好自己的行李後，又檢查了一下保羅的四枚備用追妖導彈。這時，本傑明湊過來。

「這麼快就收拾好了？」海倫看着本傑明，問道。

「簡單收拾了一下……這備用導彈我看不用帶。」本傑明一臉輕鬆地說。

「為什麼？」海倫問。

「根本就是有人裝神弄鬼。」本傑明說，「我看保羅身上的導彈都不用帶，太沉了，我們這次不過是去旅行。」

「我也不想帶那麼多導彈。」保羅搖搖尾巴。

「那可不行。」海倫搖搖頭，把備用導彈放進自己的旅行包，「如果真有什麼事情，難道還回來拿？」

「隨便啦。」本傑明聳聳肩，「反正我看這次是白跑一趟，最多就是揪出那個裝神弄鬼的傢伙……」

正說着，博士也收拾好行李出來了，大家便一起出了門。外面的雨小了一些，沃爾特跑到自己的汽車旁，飛快地拉開了車門，畢恭畢敬地做了一個請進的手勢。

「哇！」本傑明一看車廂，頓時興奮起來。

這可不是一輛普通的車，而是一輛改裝豪華汽車。非常寬敞，不僅有橫排的座椅，還有豎排的座椅。

大家一起走進車廂，本傑明坐在座椅上，不停地扭動着身子，看這看那，非常興奮。

「我說沃爾特先生，你家老爺一定很有錢吧？」本傑明環視着車廂裏的布置。

「是的，他的祖父是位伯爵，他的父親給他留下一大筆家產。」沃爾特一邊發動汽車一邊回答道。

「這是你家老爺的車嗎？他平時就坐這輛車嗎？」海倫也好奇地問。

「這是他的車，不過他還有好幾輛其他牌子的豪華車。」沃爾特把車開上了路，「平時都是司機給他開車的，今天他派我來請你們，司機則留在家裏保護他，我家老爺可被嚇得不輕呢。」

「可以想像。」博士笑了笑。

「哇，這兒還有飲料。」本傑明打開車廂裏的冰箱，從裏面拿出來一罐飲料。

「本傑明！」海倫想制止本傑明。

「怎麼了？」本傑明滿不在乎地打開飲料的蓋子，「我可是去給奧布里先生抓鬼怪的，喝點飲料算什麼。」

「你請自便。」沃爾特連忙說，「只要能抓住鬼怪，我家老爺能送你一個貨櫃的飲料呢……」

「沃爾特先生，請問你家老爺年齡多大了，他的家庭情況怎樣……」博士忽然問道，剛才在偵探所裏忘記問了。

「五十多歲。」沃爾特說，「他夫人去世了，孩子在美國上學，老爺獨自住在莊園裏，天天和我們這些僕人在一起。他是個不錯的人，只是行為非常像小孩子，希望你們別見怪。」

「不會的。聽你這麼說，他倒是一個很有趣的人。」博士點點頭說。

「嘿嘿嘿……有趣，很有趣。」沃爾特笑着說。

第二章　鬧鬼的莊園

汽車很快就開出倫敦市區，出市區後汽車飛快地向西面的德文郡駛去。大家坐在這寬大的豪華車裏，幾乎感覺不到車身的震動，車窗外，雨水不斷地打在車身上。大概開了一個多小時，雨水漸漸小了很多，應該是開出雨帶了。

行駛了兩個半小時後，沃爾特告訴大家他們快到達目的地了。車開下高速公路，駛上一條非常安靜的鄉間小道，開過一個小鎮後，向前又開了一會，不遠處，一座漂亮的大莊園出現在大家面前。

「前面就是奧布里莊園。」沃爾特説，「這座莊園有三百多年歷史呢，一百年前曾重新裝修過一次……」

隨着沃爾特的介紹，汽車開到了莊園門口，沃爾特把車停在莊園的大門外。只見莊園的四周圍着一圈圍牆，莊園大門是一道鐵柵欄，此時大門緊閉着，看上去好像裏面沒有一個人。

沃爾特按了兩下汽車喇叭，鐵柵欄門後的門衞室裏探出來一個腦袋，那是一個四十多歲、神情緊張的男子，他手裏居然拿着一把獵槍。他看到是自己莊園裏的汽車，便走了出來。

「傑克，是我。」沃爾特把頭探出車窗，「魔法偵探們來了。」

「啊！好。」叫傑克的守門人很高興地跑過去，打開莊園的大門。

汽車開進鐵門後，沿着一條林蔭道向莊園裏的大房子開去，繞過一個很大的噴泉，汽車停在大房子前。本傑明剛想打開車門，只見沃爾特迅速下車跑了過來，打開車門，很有禮貌地做了一個「請下車」的手勢。

本傑明覺得自己像是一個貴賓，他有些拘謹地下了車。眼前一幢宮殿式的房子，着實讓他震驚。這幢房子有上百米長，十幾米高，三層。靠近它就能確切感覺到它的高大。

「博士，請跟我來。」沃爾特又做了一個手勢，隨後帶着大家走向大房子的大門。

沃爾特用鑰匙打開了大門，大家跟了進去。大廳裝飾得非常古典，也非常奢華。

「那個叫奧布里的傢伙一個人住在這裏？」本傑明小

聲地對海倫說，「就他一個人！」

海倫張望着四周，她也被莊園奢華的裝飾震驚了。

他們上了二樓，沃爾特把他們帶進一個長長的走廊，穿過長廊後，來到一個房間大門前，博士三人看到一男一女兩個頭戴鋼盔、手持獵槍的人站在門前——他們所戴的鋼盔可是第二次世界大戰（簡稱二戰）時英國陸軍的鋼盔！

「噢，難道二戰又爆發了？」本傑明看着那兩個人，小聲地對海倫説。

「根據我的分析，這個莊園裏不會爆發二戰。」保羅接過話，「要爆發也只會是人鬼大戰。」

博士聽到這話，微微地笑了笑。

「萊斯利，艾瑪，老爺在嗎？」沃爾特走到房間門口，問道。

「在，一直在等你們。」戴鋼盔的男子說。

「這是南森博士，還有他的助手。」沃爾特向門口兩個站崗的人介紹道。

「噢，您們來了。」戴鋼盔的女子興奮地望着博士說，「我可不想一整天都站在這裏，腦袋都要被鋼盔擠爆了！」

「啊，艾瑪是廚娘。」沃爾特指了指戴鋼盔的女子，然後又介紹戴鋼盔的男子，「萊斯利是園丁。」

顯然，奧布里莊園裏的所有人都被調動起來，博士看着門口這一男一女，暗暗覺得好笑。

沃爾特敲敲門，裏面傳出一聲「進來」，沃爾特便推開門，帶着博士三人一起走了進去。

他們來到一個高大寬敞的房間，要不是看到房間裏擺着電視機，博士還以為自己闖進了十九世紀的王宮。只見房間的沙發上，一位五十多歲的男子站了起來，他的個子不高，很瘦，嘴上留着兩撇小鬍子，手裏還抓着一個被啃了幾口的蘋果。沙發的兩邊，也站着一男一女，女子戴着二戰時的陸軍鋼盔，男子戴着古代騎士的頭盔，兩人手上各持一支獵槍，樣子非常滑稽。

「啊，我的救命恩人到了。」那個五十多歲的男子激動地撲上來，一把抱住了博士，「終於來了，我親愛的博士，你和報紙上的一模一樣……」

「噢，你好。」博士顯然受不了這份熱情，「我是南森……」

「知道知道。」那個男子鬆開博士，突然，他好像想起什麼似的，把蘋果在博士面前晃了晃，問道，「你吃蘋果嗎？噢，我不是說我這個，我給你再拿一個，法國空運過來的……」

「不用了，謝謝。」博士連忙擺擺手。

「博士，這就是奧布里先生……」沃爾特在一旁介紹着。

「啊，小助手，小魔法師，我知道，你是海倫，你是本傑明，報紙上也說過你們的。」奧布里衝上去擁抱海倫和本傑明，又問道，「你們吃蘋果嗎？」

「謝謝，奧布里先生。」海倫和本傑明一起說，他倆感覺這個奧布里先生確實像個小孩子。

「這是保羅？會說話的機械狗？」奧布里摸着保羅的頭，「你吃……」

「……蘋果嗎？」保羅接過話，「謝謝，我不吃。」

「哈，果然會說話。」奧布里眉飛色舞地說，看得出

來，博士他們的到來讓他很興奮。

「這位是司機尼爾。」沃爾特指了指戴騎士頭盔的男子，對博士介紹道，又一指戴鋼盔的女子，「這位是薇拉，也是一位廚娘。」

兩人連忙立正，薇拉還對博士敬禮，不過一點都不正規，她敬禮的手對着自己的後腦勺，博士強忍着沒有笑出來。

「老爺，博士已經來了，我看他們可以各自回自己的崗位了。」沃爾特走到奧布里身邊。

「啊，好，管家說得對，你們可以收隊了。」奧布里對尼爾和薇拉揮揮手，「不過千萬留意，看到鬼怪就給我開槍，把它打個稀爛！」

「這下好了。」尼爾急忙摘下騎士頭盔，「我都快要透不過氣來了，我說老爺，鬼怪在大白天是不會出來的……」

「那可不一定，現在是二十一世紀，鬼怪也許改了脾氣呢。」奧布里說着又咬了一口蘋果，「我說尼爾，你可不要偷懶，要是偷懶，我踢你的屁股噢……」

尼爾和薇拉急忙跑了出去，門口的兩個「衛兵」也一起撤離了。沃爾特請博士他們坐下，沒一會，剛出去的薇拉端着茶水走了進來。

「喂，薇拉，你的槍哪裏去了？」奧布里問。

「放在廚房裏。」

「那可不行，你要背着槍，萬一發現鬼怪，你就馬上開槍……」

「背着槍的廚娘，老爺，虧你想得出……」薇拉苦笑起來。

「嗯？」奧布里皺起了眉。

「啊，算我沒説。」薇拉連忙往外走去，不過她一邊走一邊小聲嘀咕，「要是真看見鬼，我早就暈過去了，還指望我呢……」

「呵呵。」博士微微笑了笑，他看看奧布里，「奧布里先生，沃爾特和我説了一些情況，現在我想了解一下詳細情況。」

「我遇到了一個鬼怪，它要殺死我！」奧布里説着跳了起來，他激動地指手劃腳，「昨晚我看電視看到很晚，那是一部講怪獸的影片，那個怪獸足有五層樓高，樣子就像一隻恐龍……」

「老爺。」沃爾特提醒道。

「噢，對了，我們在説鬼怪的事。」奧布里拍拍腦袋，他指了指房間裏的牀，「這事就發生在這個房間裏，我看完電視剛躺下，忽然感覺到一股非常冷的寒氣，還以為窗戶沒關好，我想一定是倫道夫這傢伙又偷懶了。倫道夫是男僕，你們可能沒看到他，我派他去圍牆那邊巡邏了，倫道夫這傢伙真夠我煩心，三年前他剛來的時候還好，後來迷上了賭博，老是偷懶，我罵他好幾次了，真想把他解僱了……」

沃爾特在一邊咳嗽了兩聲，提醒奧布里轉入正題。

「啊，不好意思，我們談的是鬼怪的事。」奧布里又拍拍腦袋。

「請繼續。」博士微微一笑。

「我説到哪裏了？噢，是我剛躺下，我躺下後突然感到非常冷，就起來關窗戶，剛剛坐起來，就看見牀那邊站着一個黑乎乎的影子，我還以為是倫道夫進來了呢。昨晚的月亮很亮，借着月光，我看到了那傢伙的樣子……」説着，奧布里目光中充滿了恐懼，「哪裏是倫道夫呀，我看見一個穿着斗篷的傢伙，它還戴着帽子，不過隱約能看見黑黑的眼圈和慘白的臉，我嚇壞了，那鬼怪看見我起來，便向我飄過來，尖尖的手爪伸了過來，它一定是想殺了我！我當時嚇倒在牀上，腦袋發暈，只能閉上眼睛等死，不過後來看沒有什麼動靜，等我睜開眼，那個鬼怪便不見了，我只看見窗戶那裏飄過一個黑影，它一定是穿過窗戶走了……」

「穿過窗戶走了？」博士看看那扇窗戶，「它為什麼沒有傷害你？」

「這……」奧布里眨眨眼睛，「我不知道，我真的不知道。」

「這就是整件事的經過？」博士進一步問。

「嗯，就這些。」奧布里點點頭，他狡黠地一笑，用手指點了點博士，「我知道你還想問什麼，告訴你，我看見的就是鬼，門我已經鎖上了，當然，倫道夫和沃爾特都有鑰匙，但是他們都沒有進來過，我還看見那傢伙是飄過來抓我的，出去的時候是穿越窗戶出去的，人怎麼可能做到這些？」

「奧布里先生，你說躺下後感到非常冷，昨晚這裏下雨了嗎？」博士打斷了奧布里的話。

「沒有。」沃爾特搶着回答，「昨晚一點都不冷，我睡覺時還覺得有些熱呢。」

「明白了。」博士指了指四周，「既然事情發生在這個房間，我能不能四下看看？」

「請隨便看。」奧布里連忙說。

博士站起來，先環視了一下房間，這個房間非常大，根據奧布里所說，這裏也是他的臥房。房間四周的牆壁上，掛着好幾個長着長長鹿角的鹿頭標本，以及幾支古老的獵槍和一把古劍，這些裝飾似乎向人傳遞着這個貴族家庭尚武的傳統。

「您就是在這張牀上看見那個鬼怪的？」博士走到大牀旁，還看了看懸掛在牀頭旁的那把古劍。

「是的。」奧布里說。

「它是從這扇窗戶飄走的？」博士指着牀對面一扇很大的落地窗，那扇窗戶距離牀有十米遠。

「對，它一下就飄出去不見了。」

博士點點頭。這時，保羅也已經在房間裏開始巡視了，他正用眼睛裏射出的紅色光線掃描着那扇窗戶。本傑明和海倫也在房間裏勘察起來，海倫用幽靈雷達照射房間，隨後把雷達探出窗外，對着外面探射了一番。

魔法偵探們對房間進行了一次徹底的勘察，但未發現任何鬼怪出沒的跡象。

「莊園周圍還有別的建築嗎？」博士面對着房間後面的大草坪，指着遠處的莊園圍牆問。

「沒有了，這裏只有奧布里莊園，西南方向有個鎮子，不過有一公里遠。」沃爾特介紹道，他指了指南面，「莊園大門面向南方，對着一片麥田，你們來的時候看到了，莊園東面和北面都是樹林，西面也有樹林，還有一個不大的池塘。」

「房間裏倒是沒有發現什麼。」博士慢慢地說，然後看看窗外，「我想去外面看一下……」

博士的話音剛落，門外傳來一陣急促的敲門聲。

第三章　惡作劇

「進來。」奧布里喊了一聲。

門開了，一個年輕人走了進來，他臉色通紅，看上去有些慌慌張張的。進來後，年輕人站在門邊，他看到博士後馬上低下了頭。

「老、老爺。」年輕人結結巴巴地說，他的聲音很小，有點像蚊子哼哼。

「倫道夫？」奧布里看看那人，「有什麼事情嗎？」

「我……」倫道夫低着頭，忽然，他猛地抬起頭，不過聲音還是不大，「不用再找什麼鬼怪了，是、是、是我昨晚裝鬼嚇唬你的，我錯了……」

倫道夫的聲音雖小，但這些話像是晴天霹靂一樣，震驚了在場所有的人，大家的目光都聚焦到這個年輕人身上。

「倫道夫？」沃爾特走過去，大聲叫道，「你說什麼？」

「老爺，是真的，是我裝鬼嚇你的。」倫道夫哭喪着臉説，「希望你不要報警，我並沒有想傷害你……」

「倫道夫，真是你嚇唬老爺的？」沃爾特大聲喊道，「你知道，現在可不是開玩笑的時候。」

「真是我幹的。」倫道夫説，「我沒開玩笑。」

「啊？」奥布里張大了嘴巴，「為什麼？為什麼要嚇唬我？」

「因為賭錢的事你罵了我好幾次，還要解僱我，我很恨你。」倫道夫低着頭，小聲嘟囔着。

「誰要解僱你了？我只是說說。」奧布里叫道。

「不用瞞我了，沃爾特前些天請廚娘幫忙找個男僕，肯定是來頂替我的，新的男僕來了我就要被趕走了……」

「那是我覺得莊園裏人手不夠，想多找個人來。」沃爾特非常生氣，「老爺可沒想過要解僱你，我也一樣。你工作的時候賭馬賭球，找你都找不到，老爺罵你幾句不應該嗎？」

「應該，是我錯了。」倫道夫說，「我不該裝鬼嚇唬老爺。我沒想到你們卻當真了，還去倫敦請來魔法師，我看事情鬧大了，就來坦白認罪，否則魔法師肯定會把我找出來的。我是主動坦白的，希望你們不要報警，你們要解僱就解僱吧，這個月的薪水我也不要了……」

「你還敢要薪水？」奧布里氣得臉都白了，他衝向倫道夫，「我要踢爛你的屁股……」

「老爺，老爺……」沃爾特連忙攔住奧布里，博士也幫忙拉住奧布里。

倫道夫嚇得往後躲了兩步，緊緊地靠着牆壁，低着頭不敢看大家。

「倫道夫，真沒想到你會變成這樣。」沃爾特搖着頭，表情很痛苦，「老爺對你那麼好，你老婆病了，老爺放你假，還給了你兩千鎊讓你買營養品……」

「我、我知道。」倫道夫渾身一震，哆嗦起來，「老爺，我對不起你……」

「倫道夫，你是怎麼嚇奧布里先生的？」博士看到奧布里的情緒平穩了很多，便鬆開了他，「你怎麼進來的？怎麼會讓奧布里先生感覺你在飄動？」

「我進來很方便，老爺睡下後我悄悄開門進來，我有鑰匙。」倫道夫接着説，「我穿着斗篷，腳下踩着我兒子的滑板，這樣他看上去就感覺我是飄過去的了。」

「奧布里先生看到你從窗戶飄了出去，你是怎麼做到的？」博士又問。

「每晚都是我關窗的，不過昨晚我故意開着窗。我裝鬼嚇到老爺後，就跑到窗邊，窗戶是開着的，我先把滑板扔出去，然後跨出窗戶，窗戶邊有條下水管道，我爬下管道，把窗戶從外面關上，然後順着管道下到樓下，取回滑板跑掉了。」

「你這混蛋，你把我嚇死了！」奧布里的情緒又激動起來，「我、我、我……」

說着，奧布里又要衝上去揍倫道夫，被沃爾特和博士攔住了。

本傑明看看身邊的海倫，無奈地聳聳肩，他早就感覺到了，這次還是人裝神弄鬼。海倫望着正對奧布里拚命道歉的倫道夫，一時也哭笑不得。

「看來這是你們的私事，我也沒有什麼好問的了。」博士對沃爾特苦笑道。

倫道夫對着奧布里又是道歉又是鞠躬，請求奧布里原諒自己，隨後，又對沃爾特鞠躬道歉，請他為自己求情。

「老爺，我看把他解僱就算了。」沃爾特對奧布里小聲說，「即使報警，警方也只能按惡作劇來處理，他也沒有偷什麼東西，這事傳出去對我們莊園的名聲也不好。」

「嗯。」奧布里見倫道夫一直在道歉，氣也消了一些，「你來處理這事吧，我不想再看見這個混蛋了。」

沃爾特點點頭，他走過去，嚴厲地瞪着倫道夫。

「老爺說不報警了，你跟我來。」

「謝謝老爺，謝謝老爺。」倫道夫連忙對奧布里鞠躬。

「走，不要給我再見到你。」奧布里轉過頭去。

倫道夫和沃爾特走了出去，奧布里顯得輕鬆了很多，他張開手臂伸了一個懶腰。

「啊，這下好了。」奧布里臉上全是笑容，「還好是人裝的鬼，我又沒有做過什麼壞事，鬼找我幹什麼？」

「是呀，哪有那麼多鬼呀。」博士也笑了笑。

「啊，讓你們白跑一趟。」奧布里突然想到什麼，「不過沒關係，一會我讓沃爾特給你們開支票……」

「這個……」博士擺擺手，「是他自己出來承認的，我們沒做什麼……」

「錢還是要付的。」奧布里說，「真是過意不去，不過既然來了，你們可以參觀一下我的莊園，在這裏住下來也可以，我們下午去釣魚，明天讓沃爾特帶你們遊覽德文郡的鄉間風光。」

「你真是熱情。」博士說，「不過沒什麼事就不打攪了，我們坐一下就走。啊，說起德文郡的鄉間風光，確實不錯，這莊園的風景已經讓人羨慕。」

「當然。」奧布里頓時興奮起來，他指着西面牆壁上的一幅畫像，畫像上的人是一位衣着華麗的古代貴族，那樣子和奧布里有幾分相像，而且也留着兩撇小鬍子，「這是我的曾曾曾曾祖父，奧布里三世，我家的爵位是世襲的，這莊園就是他建造的，我是奧布里十二世，我兒子是奧布里十三世。」

「他的樣子真威風。」本傑明走過去，用崇拜的目光看着畫像上的人。

「看看，這頭鹿就是他打死的。」奧布里又指了指另一邊牆上的一個鹿頭標本，隨後把手轉向牀邊掛着的寶劍，「寶劍也是他使用過的。」

大家的目光跟着奧布里的手指方向，聽着他的介紹。

「……那是奧布里六世，他力大無比，做過國王陛下的衞隊司令，我的家族史裏有過詳細的介紹……」奧布里繼續得意地講述着家族的風光史。

正在這時，沃爾特推門進來了。奧布里看到沃爾特進來，便轉頭問道：「事情辦得怎麼樣？」

「正式解僱了他。我叫他收拾好東西，晚飯前離開莊園。」沃爾特站在門口說，「現在廚娘們和園丁正在傭人房裏罵他呢，他也很後悔。」

「嗯。」奧布里點點頭，他向沃爾特招了招手，沃爾特連忙走過來，奧布里皺着眉頭，「管家，你說我做得是不是有些過分，畢竟他只是嚇了嚇我。」

「老爺，你真是仁慈，不過我覺得你做得不過分。」沃爾特說，「他做錯事就該受到處罰。」

「好，你這麼說我就心安了。」奧布里滿意地揮揮手，「這個月的薪水發給他吧，再補給他一個月的薪水，我知道他賭博把錢都輸光了……」

「老爺？」沃爾特驚叫起來，「你這樣做太好人了，好像他沒做錯過什麼。」

「去吧去吧。」奧布里使勁揮揮手，「我又不在乎這點錢……」

「奧布里先生，我們也要告辭了。」博士走過來，很有禮貌地說，「我們在倫敦還有事情。」

「啊？這就走呀？」奧布里露出依依不捨的目光，「我還想留你們住幾天呢，聽聽那些抓鬼怪的故事……下次吧，啊，不，不要下次，我這裏不要鬧鬼了。」

大家都笑了起來，奧布里吩咐沃爾特去給博士他們開支票，然後派司機開車送他們回倫敦。

博士卻說只要送到火車站就可以了，他們坐火車回去會更快一點。

博士他們走後，奧布里感到很輕鬆，魔幻偵探們還沒有出手，倫道夫就自動坦白了，可見魔幻偵探所偵探們的威名之大。

過了半個小時，沃爾特又走了進來。

「老爺，按照你的吩咐，我把博士他們送到了火車站，現在火車應該已經開了。」沃爾特説。

「好，很好。」奥布里説，「現在我要先吃點東西，然後……你説我是騎馬還是去釣魚？」

「釣魚吧。」沃爾特説，「昨天下午已經騎過馬了。」

「好，那就去釣魚。」奥布里説着向房間外走去。

第四章　鬼影再現

傍晚前，奧布里興高采烈地回到了莊園，沃爾特等隨從提着水桶，水桶裏都是大家釣的魚，奧布里釣上來的最多，他一共釣到五條大魚，晚上可以吃薇拉燒的魚了。薇拉現在已經不用背槍，二戰陸軍鋼盔是奧布里的收藏品，也已經收起來了，鬧鬼的警報已經完全解除。

晚飯時，奧布里胃口大開，他今天真是心滿意足，不但抓到「鬼」不用再擔驚受怕，下午釣魚的戰果也豐碩。不過他有些累了，因為昨晚那個「鬼」離開以後，他就把僕人全部召集到房間，將自己團團包圍保護起來，就算這樣他也沒敢睡覺。晚飯後九點多，奧布里便進了房間，現在他終於可以好好睡一覺了。

沃爾特臨時替代倫道夫的工作，他依次檢查房間的窗戶，並拉好窗簾。

奧布里臨睡前稍有些興奮，他穿着睡衣躺在牀上，嘴裏還唱着歌。

「一閃一閃亮晶晶，滿天都是小星星……」奧布里忘情地唱道。

「老爺，好了，你可以睡了。」沃爾特站在牀邊，畢恭畢敬地說。

「嗯。」奧布里說，「沃爾特，我唱得好聽嗎？」

「很好聽。」沃爾特屏着呼吸說，「老爺，我出去了。」

「好，你走吧。」奧布里滿意地說，「哼，那些大歌星算什麼，看我奧布里的……太陽慢慢向西沉，烏鴉回家一羣羣，星星眨着小眼睛……」

奧布里又唱了幾句，最後閉上嘴巴，開始睡覺了。

這個晚上，月亮的光被厚厚的烏雲遮蓋住，風吹得樹枝亂擺，大地一片寂靜。孤獨地矗立在大地上的奧布里莊園很快就加入到這種寂靜之中，由於昨晚那場折騰，僕人們也都累了，大家都早早地睡下了。

風，用力地掠過奧布里莊園旁的麥田，在樹林那裏轉了個圈，吹進奧布里莊園，它使勁搖動着莊園裏的大樹，隨後暫時地平歇下來。

奧布里躺下去沒一會就睡着了，他有節奏地打着呼嚕，偌大的房間裏，迴蕩着他的鼾聲。也不知道睡了多長時間，奧布里忽然夢見自己被人追殺，他一下驚醒了，醒來以後，他長出一口氣，還好只是個惡夢，他摸摸額頭，居然出了冷汗。

突然，奧布里覺得牀邊有個影子一晃，同時感覺渾身發冷，像是有股寒氣吹過來一樣。他抬起身子，只見一個人影站在牀邊，那個人好像穿着斗篷，正在盯着自己看。

「嗯？」奧布里心裏一驚，不過隨即平和了下來，「是沃爾特嗎？大半夜的你跑進來幹什麼？」

那人沒有説話，輕輕地向奧布里這邊飄過來。奧布里慌忙坐起來，隨手打開了夜燈，只見那人披着一件黑色的斗篷，頭埋在帽子裏，它的兩個眼圈黑黑的，臉則是白白的。

「噢，我説沃爾特，這一點也不好玩。」奧布里苦笑起來，「昨天倫道夫已經用過這招了，你可以想一些新花樣來戲弄我……」

那人還是沒有説話，忽然，它對着夜燈吹了一口氣，夜燈當即就熄滅了，房間頓時暗下來。

「啊？」奧布里驚呆了，他慌忙再去開燈，但是已經打不開了，他有點害怕了，大叫道：「沃爾特，你是沃爾特嗎？」

「我不是！」那人飛快地飄了過來，伸出長長的手臂，用手抓向奧布里的脖子，「我是來要你的命！」

「啊——」奧布里嚇壞了，那聲音絕對不是沃爾特的，奧布里意識到了什麼。

尖尖的指甲直直地刺向奧布里的脖子，他想躲開，但是渾身就像被什麼固定住一樣，奧布里急了，張開嘴想呼救，但就是發不出聲音來，他絕望了，閉上了眼睛。

就在這時，房間裏發出「哢」的一聲巨響，一道閃光過後，刺向奧布里的手爪被擋開了。

「顯身！」四聲同樣的口訣在房間裏響起，隨即，博士、海倫、本傑明和保羅出現在房間裏。

「啊？」行刺奧布里的傢伙被圍在中間，它很慌亂，一時不知所措。

「亮光球！」博士唸出一句口訣，行刺者的頭頂出現了一個發着白光的小球，房間裏頓時如白天一般。

奧布里已經睜開了眼睛，他驚訝地望着眼前的一幕。

白光之下，行刺者的樣子明確地顯現出來，它身披黑斗篷，腦袋努力地往帽子裏縮，似乎非常害怕亮光的照射。

博士幾人團團圍住了那傢伙，它不是倫道夫，更不是沃爾特——它是一個鬼怪，真正的鬼怪。

「黑天黑地！」鬼怪手指光球，唸了一句口訣。

光球頓時暗了下來，隨即完全變黑，房間裏又是一片黑暗。

「亮光球！」博士、海倫、本傑明各唸口訣，三枚亮光球飛出，懸浮在半空中，房間裏立即白光耀眼，鬼怪懊惱地站在原地，沒有再去管這些亮光球。

「你束手就擒吧。」博士嚴厲地對那鬼怪說，同時，他們各自做出了攻擊的準備。

穿斗篷的鬼怪一直站在那裏，沒有說話，博士看到它的身體微微地發抖。

「博士，它是誰？」奧布里看到博士他們包圍了行刺者，激動地問。

「真正的鬼怪。」博士一字一句地說。

「什麼？」奧布里大吃一驚，他慌忙從牀上跳下來，順手拿起掛在牀邊的寶劍，「敢來殺我？叫你知道我奧布里的厲害，呀——」

奧布里舉着寶劍衝了過去，博士沒有想到他會膽子這樣大，連忙去阻攔他。他還沒來得及拉住奧布里，只見那鬼怪手一抖，一道白光飛出射向奧布里。只聽「噹」的一聲，奧布里的寶劍當場飛了出去，他怪叫一聲，身體也橫着飛了起來，博士縱身一躍，接住了奧布里。

「我的手——痛死了——」奧布里大叫道。

「嗨——」本傑明和海倫看到鬼怪出手，各出一掌向鬼怪擊去。

那鬼怪就地一滾，躲開了攻擊，它滾到了本傑明的身後，身體一躍而起，同時一掌擊向本傑明。

「本傑明——小心——」保羅在一邊慌忙喊道。

本傑明早有防備，他側身閃過，隨後飛起一腳，鬼怪用手一擋，撥開了本傑明的攻擊，它的身後，海倫也飛出一腳，鬼怪連忙閃身躲過，三人打在一起。

「你還好吧？」博士把奧布里扶起站好。

「我這個樣子像好嗎？」奧布里咧着嘴，歪倒在牀上，「博士，你去揍他，給我報仇！」

博士知道奧布里沒有大損傷，便縱身一躍，加入戰鬥，寬大的房間成了他們的戰場。

博士的加入使雙方實力馬上發生嚴重的傾斜，那個鬼怪先是被博士踢中一腳，又被本傑明一拳砸在後背上，它明顯招架不住了，海倫趁機悄悄取出綑妖繩。

鬼怪知道這樣下去一定會被擊倒抓獲，它擋開博士的一掌後便向窗戶邊跑去，想穿窗逃跑，本傑明當然知道它的意圖，飛過去攔在它的面前。

「不許跑！」本傑明喊道，隨即迎面就是一拳。

鬼怪閃身躲過，它有些絕望了，被三個魔法師纏住，連逃跑的機會都沒有。其實它還不知道呢，打鬥能力不強但擁有追妖導彈的保羅在外圈一直團團轉，只要它穿窗出去，保羅一枚導彈就能把它擊碎。

博士又踢中鬼怪一腳，鬼怪慘叫一聲翻身起來，兩隻手爪帶着風聲刺向博士的脖子，博士趕緊蹲下，隨即抬腳飛滑過去，一腳就踢在那傢伙的小腹上。

「啊——」鬼怪慘叫一聲，翻倒在地上，他努力想站起來，但沒有成功。

「綑妖繩——」海倫一直在找機會，看到鬼怪倒在地上，連忙拋出了綑妖繩。

綑妖繩急速飛了過去，綑住了那個鬼怪。

「好——好——」奧布里在一邊歡呼起來，他恢復了很多。

鬼怪見自己被綑住，大吼一聲，用力掙脫綑妖繩的束縛，本傑明還沒來得及拋出第二根繩子，那鬼怪已經掙脫了綑妖繩。博士見狀，揮拳就打過去。

鬼怪就地一滾，躲開了攻擊。就在這時，門突然被打開了，只見沃爾特探頭探腦地走了進來。

「老爺，怎麼了……」

還沒有等他看清屋子裏的情況，鬼怪便翻身一滾站到了沃爾特的背後，它一把抓住沃爾特，尖尖的手指對準沃爾特的咽喉，跟在沃爾特身後的園丁萊斯利和司機尼爾全都嚇了一跳，慌忙躲到一邊。

「不要過來！」鬼怪威脅道，它瞪着大家，「要是敢過來，我就殺了他！」

沃爾特被鬼怪死死地抱着，他還不太明白發生了什麼事。剛才他在樓下聽到奧布里的房間有聲響傳來，馬上叫醒睡在隔壁的園丁和司機，一起上來看情況。

博士他們站在原地，對鬼怪形成一種半包圍狀態，但不敢發起攻擊，保羅的導彈也不敢發射。

「放了他！」博士厲聲說。

那鬼怪輕蔑地哼了一聲，拖着沃爾特進了走廊。博士他們也跟着走到走廊，大家都在博士身後。奧布里緊張地握着拳頭，擔心鬼怪傷害到沃爾特。

「你們不要過來！」鬼怪大聲喊道，拖着沃爾特向走廊的另一頭退去，「給我站住，否則我……」

博士連忙擺擺手，大家全都站在原地，看着鬼怪拖着

沃爾特退向走廊的另一邊，他們都無能為力，此時任何試圖的進攻都可能會讓沃爾特受到傷害，狹長的走廊也使得他們無法包抄施救。

鬼怪拖着沃爾特退到走廊的盡頭，突然，他猛地抓起沃爾特，用力一推，沃爾特橫着飛向博士，鬼怪則飛身穿越牆壁，跑了。

博士和海倫一起接住橫着砸過來的沃爾特，他們把沃爾特放到地上，沃爾特捂着胸口，大聲地咳嗽着，全身止不住地亂顫。

放下了沃爾特後，博士便衝向走廊的那一邊，海倫、本傑明還有保羅跟在後面也衝了上去。

「擋不住我的心也擋不住我的形。」博士面對走廊盡頭的牆壁，唸了句口訣，隨即穿牆而出。

小助手們也唸了口訣，一起穿牆出去。

走廊裏，奧布里、尼爾和萊斯利扶着沃爾特。看到依次飛出去的魔法偵探，大家你看看我，我望望你，都張大了嘴巴。

穿牆而出的魔法偵探們落在地上，保羅一出去就找目標準備攻擊，但外面的大地除了寂靜就是寂靜，鬼怪早已逃之夭夭。

借着月亮發出的微光，博士看看保羅，保羅會意地搖搖頭，表示自己失去了目標。

博士不甘心，又向前追了一百多米，小助手們緊跟着他，最終他們在一棵高大的樹下停住腳步，腳下是莊園平坦的草地，風吹動着樹枝，樹葉發出「沙沙」的聲音。

「給它跑了。」本傑明懊惱極了，握着拳頭的手用力一揮。

遠處，只有看不見的風在吹着。博士拍拍本傑明的肩膀，也很無奈。

「回去吧，去看看沃爾特的傷。」

第五章　施咒寶劍

他們沒有再穿牆進去，而是走到房子的門前，按下門鈴。廚娘艾瑪來開門，她和薇拉也已經醒了，聽説真的有鬼刺殺老爺，她和薇拉都嚇壞了。

博士幾人來到了二樓，到了奧布里的房間，看到沃爾特靠在沙發上，他已經不再咳嗽了，臉色也好了一些。

「有沒有抓到那個傢伙？」奧布里看見博士進來，連忙問。

海倫搖搖頭，奧布里哭喪着臉，沒有説話。

「沃爾特，你還好吧？」博士問。

「還好，我沒事。」沃爾特緩緩地説，「請問博士，這到底是怎麼回事？」

「就是，到底是怎麼回事？」奧布里跟着問。

「海倫，你去把倫道夫帶上來。」博士看看海倫。

「是。」海倫點點頭，轉身走了。

「倫道夫？」奧布里愣住了，「他不是走了嗎？」

屋子裏的人都疑惑而緊張地盯着博士，廚娘薇拉和艾瑪也走進了房間。博士看了看奧布里。

「奧布里先生，你也沒什麼事吧？」博士沒有直接回答。

「我很好，幸好你們及時趕到。」奧布里飛快地說，「你快說說，到底是怎麼回事？」

「倫道夫，一切都從倫道夫開始。」博士平靜地說，「今天下午倫道夫一進來，我就發現問題了……」

正說着，海倫把被繩子綑着的倫道夫帶進來，隨後解開了繩子。倫道夫低着頭，一臉慚愧。薇拉和艾瑪最為吃驚，因為晚飯前她們是看着倫道夫離開的。

「博士，他來了。」海倫報告說。

「好。」博士點點頭，他瞪着倫道夫，「倫道夫，是你自己說還是我替你說？」

「你、你說吧。」倫道夫低着頭，有氣無力地說。

「嗯。」博士環視着大家，「其實下午倫道夫一進來，我就看出異樣。他的身體內有一種魔氣，人類和妖魔接觸過後，在相當長的時間內身體上會留有魔氣，當然，魔氣是普通人無法看出來的，只有資深魔法師才能看出來，而且我發現他身上的魔氣似乎被刻意掩蓋清除過，但並沒有清除乾淨。」

「這是……」奧布里眨眨眼睛，「為什麼？」

「這說明兩個問題，第一，你們這裏真的有鬼怪，鬼怪當然不是倫道夫，因為他確實是個人；第二，倫道夫和鬼怪接觸過，而且他身上魔氣很重，顯然他才剛剛和魔怪接觸過，這種魔氣被刻意想清除掉，說明魔怪害怕倫道夫身上的魔氣被魔法師看出來。莊園裏誰是魔法師呢？只有我們，所以魔怪清除魔氣是怕我們知道倫道夫和它接觸

過。聽了倫道夫的那些話，我推斷，確實有鬼怪襲擊奧布里先生，倫道夫則是被鬼怪派來頂替的，這樣一來一切好像都是惡作劇，我們就會回去了。因此我假裝什麼都沒看出來，並且還要坐火車回去。」

「啊，怪不得你們走的時候大聲問這裏的火車幾點開出，你是說給……」沃爾特指了指倫道夫。

「對，你説過倫道夫要收拾東西，晚飯前離開。我知道他還在，就大聲問火車開出時間，其實我知道就算我不説他也一定會打聽我們的行蹤。」

「你們沒有登上去倫敦的火車？」沃爾特問。

「當然。」本傑明笑了笑，「你把我們送進月台，分手後，博士把他剛才發現的情況告訴了我們，然後我們隱身，用急走法術快速回到莊園裏。」

「隱身？」薇拉小聲地説。

「對，隱身。」本傑明瀟灑地打了一個響指，然後「唰」的一下就不見了。

奧布里莊園的人們一陣驚呼，之後，本傑明突然又出現了，他非常得意。

「喂，鬼怪還沒有抓住呢。」海倫小聲地對本傑明説，「不要這麼放鬆。」

「知道。」本傑明覺得海倫很掃興。

「到了莊園後，我們就用穿牆術進了倫道夫的房間，我判斷他肯定有下一步動作，也許還會和那鬼怪見面，所以暗中監視他。」博士繼續解釋，「不出所料，他已經收拾好東西，但就是不走，在自己的房間裏坐卧不寧。」

「他跟我説很留戀這裏，也很後悔。」沃爾特説，「我哪裏忍心立即趕他走呀，就沒去管他，只要他晚飯前離開就可以了。」

「下午奧布里和沃爾特去釣魚，一樓只有廚娘在廚房裏忙，沒有人注意他。他上了二樓，來到奧布里的房間門口，這時房間裏沒人，也沒有上鎖。」博士指了指大門，「他推開了門，注意，我們其實隱身跟在他後面。他來到牀旁邊掛着的寶劍那裏，把一小塊樹皮貼在寶劍貼着牆的劍面上，因為樹皮在貼着牆的那面，誰都不知道劍面上有樹皮……」

「樹皮？」奧布里很詫異地跑到牀邊，從地上撿起寶劍，他剛才還用這把劍去刺鬼怪呢，他看了看寶劍的劍面，果然發現上面附着一塊大約五厘米長、兩厘米寬的新鮮樹皮，樹皮是被透明膠紙貼在寶劍上的。「嗯？這是幹什麼呀？」

奧布里把寶劍交給博士，博士把樹皮輕輕地撕下來，拿在手上細細地看了看，隨後把樹皮收起來放進自己的口袋。

「一會告訴大家答案，先聽我說下去。」博士說，「我們當時站在他身後，沒有制止他。這傢伙做完這事後，回到房裏拿上自己的東西，告別廚娘離開了莊園。出

了莊園後，我們以為他會和鬼怪聯繫，但他只是到了莊園東面的一棵大樹下，把一根藍色的布條綁在大樹的樹杈上，隨後就向莊園南面的鎮子走去，眼看天就要黑了，他似乎並沒有和鬼怪接頭的跡象，我們也不能等了，於是就現身把他截住，審問了一番後便把他也隱了身，帶回到莊園，藏在一樓的儲物間裏。」

說完，博士看了看垂頭喪氣的倫道夫。

「我沒有說到的地方，你自己說吧。」

倫道夫一直站在那裏，渾身上下還不時地發抖，聽到博士的話，他皺着眉望了望奧布里。

「我……」倫道夫聲音很小，「我今天早上在圍牆邊巡邏的時候，突然被什麼東西抓過了圍牆，帶到莊園外的樹林裏。後來，抓我的傢伙現了身，它是一個鬼怪，披着黑斗篷，我都要被嚇死了。那個鬼怪問我，老爺是不是派管家去請魔法師，我……我只好說是，它就威脅我……」

「威脅你什麼？」奧布里連忙問。

「它要我按照它說的去做。」倫道夫聲音稍微大了一些，「否則它會殺了我的家人，最後殺了我，它知道我的家人就住在鎮上……」

「它要你做什麼？」奧布里急吼吼地打斷了倫道夫。

「它說如果沃爾特真的請來魔法師，就要我去承認說鬧鬼是我的惡作劇，這樣說了以後，魔法師就會離開，當然老爺會解僱我，它要我爭取把離開莊園的時間拖到下午，它知道老爺每天下午都會出去玩。它給了我一小塊樹皮，要我下午進老爺的房間把樹皮貼在寶劍貼着牆的那一面，完成這些事後就去莊園東面的樹林，把一根藍布條綁在最大的那棵大橡樹的枝條上，表示我已經完成了它交待的事情。我只能按照它的吩咐做……」

「你那些裝神弄鬼的話都是鬼怪教你的？它知道你愛賭博？它知道我罵過你？它知道我們要找新的男僕？」奧布里連珠炮般地問。

「這個……」倫道夫低下了頭，「那鬼怪確實知道我們莊園裏的一些情況，還知道管家叫沃爾特呢，但是那些謊話……大部分是我想出來的，它要我一定要騙過你，否則就殺了我。」

「好處呢？好處你怎麼不說？」海倫輕蔑地說，「你怎麼不說行李裏的那些現金？」

「我這就說。」倫道夫慌亂起來，「……它……它說我要是能把這些事情辦好，就給我錢，而且當場就給了我兩萬鎊的現金，還說以後還會給我錢的……你知道，我很需要錢……」

「所以你就出賣我？還騙我？」奧布里瞪着眼睛，怒火從眼睛裏射了出來。

「不是，我……我真不知道它會在晚上來襲擊你，它沒有和我說，它只是讓我說昨晚鬧鬼是我幹的，還有就是把樹皮貼在寶劍上，我……」

「我對你還不錯吧？」奧布里對倫道夫揮揮手，「為了兩萬英鎊，你就……」

「可是它還威脅殺我的家人呀，再說我真不知道它會來襲擊你……」

「好了，好了。」博士擺擺手，「現在不是說這個事情的時候。奧布里先生，那個鬼怪也的確不會把今晚襲擊你的事情告訴倫道夫，因為根本沒有這個必要。現在的問題是，倫道夫也成了鬼怪的攻擊目標，鬼怪可能會認為倫道夫和我們設下圈套抓它……」

「啊？」倫道夫叫了起來，「我……它不會去害我的家人吧？」

「放心，傍晚的時候海倫已經去過你家，勸說你的家人暫時遷離了。」博士說。

「謝謝，太感謝了。」倫道夫感激地看着博士，他低着頭，喃喃地説，「誰知道那個傢伙要我做這些事是要刺殺老爺呀，我想就是貼塊樹皮嘛，有什麼關係……」

「奧布里先生，知道為什麼鬼怪要在你的寶劍上貼塊小樹皮嗎？」聽到倫道夫這句話，博士説，「還有你，倫道夫。」

奧布里和倫道夫都搖了搖頭。

「倫道夫貼樹皮的時候，我也不明白他的意圖，因為當時我也不知道這把寶劍其實是一把被施過魔咒的寶劍。」博士拿着那把劍，看了看，「截住倫道夫後他告訴我樹皮是鬼怪給他的，讓他一定要把樹皮貼在劍身上，我才大概明白了鬼怪的意圖，這是一種清除魔咒的手法，用咒語清除咒語。」

説着，博士拿着劍在大家面前晃了晃，隨後用手指着寶劍的劍身。

「大家看，劍身上有一行小字，不仔細看根本看不清楚，其實普通人就算看到也不認識，這是三百年前某位法術高深的魔法師刻上去的，大意是奧布里家族的人遇到魔怪威脅的時候，只要寶劍在身邊，就會自動斬殺魔怪，這是一種保護魔咒。」博士隨後看看奧布里，「你不是説昨晚鬼怪已經到了你身邊，最後卻走了嗎？那是因為鬼怪要加害你的時候，寶劍的魔咒顯威，寶劍即將發起反擊，鬼怪沒想到會有這樣一把施了咒的劍，所以跑掉了。因此它讓倫道夫把樹皮貼在寶劍上，樹皮是普通樹皮，但被鬼怪施了清除咒，以清除寶劍上的保護咒，從這一點看這鬼怪法力不低，剛才它行刺時寶劍沒有任何反應，説明保護咒確實被清除了。」

「倫道夫貼樹皮的時候，我的寶劍沒有……反擊嗎？」奧布里喊道，「它這麼容易就被清除了咒語？」

「咒語是專門針對鬼怪的。」博士無奈地説。

「噢，原來是這樣。」奧布里恍然大悟，「我爸爸把寶劍給我的時候，告訴我説一定要掛在牀邊，還説這是我爺爺告訴他的，也是我爺爺的爸爸告訴我爺爺的，我爺爺的爺爺告訴我爺爺的爸爸的……」

博士連忙做出了一個停止的手勢。

「現在我做一個總結。」博士認真地説，「有個鬼怪要殺害奧布里先生，它隱藏在莊園附近，第一次行刺被施咒寶劍阻攔後，它探聽到沃爾特去請我們來，於是利用倫道夫轉移我們的視線，還清除了寶劍的咒語，今晚又來第二次行刺了。」

「那我們該怎麼辦？」沃爾特急着問。

「找出這個傢伙！」博士用力地說，「我們和它交過手，簡單說它是一個惡靈，也可以說是個惡鬼，這種惡鬼的報復心極強，它反覆嘗試刺殺奧布里先生，應該是和奧布里先生有很深的仇恨……」

「我可沒有得罪過誰。」奧布里跳了起來，「活人死人都沒有，我又不缺錢，更沒有害過人……」

「是的，我們老爺的名聲很好的，他就像個小孩子，怎麼會害人呢？」

「這件事一會兒再討論，也許有其他原因。」博士用同情的目光看看奧布里，「重要的是這一系列事件反映出這傢伙是不會善罷甘休的，不過這也為我們抓捕它提供了機會，否則它要是遠走高飛，我們去哪裏抓它？」

「你是說它還會來？」奧布里嚇壞了。

「是的。」博士的語氣非常堅定。

「那、那我們怎麼辦？」奧布里驚恐地看着四周，好像鬼怪會突然從哪個角落再鑽出來一樣。

「大家不要驚慌。」博士的語氣平靜中透出一絲威嚴，「按我說的做，一定能夠把這傢伙找出來的！」

「那你快說，我們該怎麼辦？」奧布里催促道。

「第一，我宣布，奧布里莊園從現在起進入戰爭狀態！」博士說，「我們和惡鬼的戰爭。」

大家都用充滿信任和依賴的目光看着博士，沃爾特非常用力地點點頭。

「第二，對奧布里和倫道夫實施全天候保護，這個工作由我們來完成，奧布里先生不能隨便外出了。」博士宣布了第二條迎戰準備。

「還要保護他？」奧布里瞪着倫道夫。

「嘿嘿嘿……」倫道夫嬉皮笑臉的，「保護一個也是保護，順便一起把我保護了吧，我知道錯了，我再也不會害你了……」

奧布里輕蔑地「哼」了一聲，脖子扭得很高。

「最後。」博士環視了一下莊園的那些僕人，「鬼怪針對的目標是奧布里先生，這件事應該和你們無關，如果你們覺得危險，可以暫時離開這裏，你們是普通人，莊園裏確實不安全……」

「我不離開。」管家沃爾特沒等博士說完就說道。

「我也不離開。」司機尼爾跟着說，「老爺對我很好，這個時候我不會離開他的……」

「我也是。」園丁萊斯利說，「老爺雖然年紀比我大很多，但他就像一個大孩子，根本就沒有什麼壞心眼，做事也很……幼稚……我是說他是個好人。我不會離開這裏的，啊，對了，守門的傑克現在不在，但我擔保他也會留下的，他一直說老爺是個好人……」

「我們倆……」廚娘薇拉和艾瑪對視一下，「也留下。」

奧布里的眼淚已經流出來了，他激動得擦着眼淚，一時都不知道說什麼好了。

「不過……老爺。」尼爾忽然說，「我就是不想戴那騎士頭盔，太沉了，我的脖子都沒辦法動……」

房間裏頓時發出一陣笑聲，奧布里也笑起來。

「可我已經沒有二戰鋼盔了，實在不行，你就頂個做飯的鍋吧。」奧布里自認為想出一個好主意。

大家又都笑了起來，倫道夫也跟着笑起來。

「你還笑？」奧布里踢了倫道夫的屁股一腳，「看看他們怎麼對我，你卻害我……」

「我、我知道錯了。」倫道夫躲閃着，「我知道你對我很好，可那傢伙威脅我……」

「總之，大家今後要萬分小心。」博士認真地說，「白天惡鬼作惡的可能性小一些，因為它懼怕光線，晚上大家就要特別注意了。」

第六章　發現惡鬼蹤跡

奧布里莊園進入實戰狀態，從守門的傑克到廚房的廚娘，又全都武裝起來。博士不反對大家攜帶槍支，儘管槍支對付鬼怪基本上沒什麼作用，不過多少能起到一些威懾作用，起碼能起到報警作用。

奧布里和倫道夫被安排在三樓的一個大套房裏，海倫和本傑明現在是他們的貼身保鏢，奧布里的新房間門口，司機尼爾持槍站崗，不過這次他沒有戴很重的騎士頭盔。樓頂也有一個人值班，觀察着周圍的一草一木，此時值班的是萊斯利，六小時後沃爾特來換班。

廚娘們現在的任務就是給大家做飯，廚房的門口斜靠着兩支獵槍，一旦有事廚娘們也要拿起武器戰鬥。

奧布里去了三樓後，博士和保羅在他遇襲的房間裏仔細地搜索着，尋找剛才和鬼怪交手時可能留下的線索，但是仔細地搜索一遍後，他們沒有任何發現。

博士和保羅來到三樓，走進奧布里的新房間。獲得魔法師保護、有了安全感的奧布里正坐在沙發上看電視，倫道夫坐在地上，跟着一起看——奧布里還是有些生他的氣，不讓他坐在沙發上，他處理事情確實像個小孩子。

「奧布里先生。」博士一進來就說，「有些問題……」

「什麼事？」奧布里把頭轉向博士，海倫馬上把電視機的聲音關小。

「我想知道你是否得罪過什麼人，哪怕是無意的。」博士說，「而且這個人已經死了，這對抓到那個鬼怪很重要。」

「沒有！絕對沒有！」奧布里立即跳了起來。

「你仔細想想……」

「絕對沒有！」奧布里擺擺手，「我沒有得罪過任何人。」

「博士。」倫道夫突然開了口，「老爺像個小孩子，即使罵過誰也不會有誰和他計較的。我說老爺要解僱我所以恨他，其實是我編的藉口，想讓老爺相信鬧鬼是我的惡作劇。老爺罵我是因為我賭博，他從不無緣無故罵人，他對人很好……」

「嗯。」奧布里很滿意，「這還差不多，你可以坐在椅子上看電視了。」

「謝謝，謝謝。」倫道夫連忙站起來坐到椅子上。

博士和小助手們對視一下，哭笑不得。

「我知道了。」博士點點頭，「這條線索看來是不能追查下去了，我會再從其他方面想辦法的……啊，對了，很晚了，你們早點休息吧。海倫、本傑明，你們保護好奥布里先生。」

「還有我。」倫道夫連忙指指自己，唯恐自己被遺忘。

博士帶着保羅下了樓，他們被安排在二樓的一個大房間裏。保羅獨自在看電視，他的預警系統也開着，只要那惡鬼一出現，預警系統就能發出警報。

樓上的大套房裏，奥布里他們都休息了。奥布里睡在裏面的套間，倫道夫睡在外面客廳的沙發上。這個房間左右的兩個小房間，住進了海倫和本傑明，他們的幽靈雷達也處於啟動狀態。

這個晚上的後半段時間，算是平穩的度過了，那個惡鬼沒有再找上門來，奥布里知道左右都有魔法師保護自己，睡得很安穩。

第二天的一大清早，博士早早地起來，他讓保羅列印了莊園所在的阿克斯明斯特地區的地圖，尋找着那些樹林和河谷，看看哪裏有適合鬼怪藏身的地方。博士找出來十幾處這樣的地方，不過他知道要對這些地方進行搜索，以目前的人力是不可能完成的。

博士把地圖放在桌子上，站起來走到窗戶邊，望着外面的大草地，沉思了一會。

「保羅，我們出去走走。」

博士和保羅出了房子，來到莊園裏的草地上，他們似乎漫無目的地穿過草地，來到莊園的圍牆邊，圍牆不算高，可以看見外面的景象，沿着圍牆內側種着一些大樹，圍牆的外面則是一片很大的樹林，博士出神地望着那片樹林。

「博士，我真怕那傢伙離開了這裏。」保羅也望着那片樹林，「要是它遠走高飛，那可難辦了。」

「不會的。」博士搖搖頭，「它一定隱藏在莊園周圍的某個地方，我們在找它，它也在等待機會，這種惡鬼除非被消滅，否則不會善罷甘休的。你還記得三十年前我們對付的那個惡鬼嗎？謀害事主的時候它受了致命傷，兩年後養好傷又繼續謀害事主……」

「怎麼不記得？」保羅晃晃尾巴，「最後讓我的導彈炸斷一條腿，被你抓住了。」

「兩次刺殺奧布里，針對性非常明顯，還設下圈套轉移我們的視線，它是非殺死奧布里不可。」

「所以你判斷它一定沒有離開。」保羅說。

「對。」博士點點頭，他從口袋裏找出了那塊樹皮，低頭看了看，「不但沒離開，它一定在想辦法對付我們呢。」

「我就等着它來呢。」保羅搖頭晃腦，「哼，四顆導彈全都送給它，還是免費的！」

「保羅，外面這片樹林都是橡樹吧？」博士忽然指了指圍牆外的那些大樹。

「是呀，是橡樹。」保羅看着圍牆外的大樹，「很大一片橡樹林。」

「你馬上檢測一下，這是一片什麼樹的樹皮，還要檢測一下它的成分。」博士拿着昨天貼在寶劍上的樹皮說，「看上去像是山毛櫸樹的樹皮，但不能確定。」

保羅詫異地看看博士，不過他很快按照博士的吩咐，打開後背上的蓋板，升起了一個小托盤，博士把樹皮放進了托盤後，保羅將托盤收進身體裏。

不到兩分鐘，檢測報告出來了，博士撕下報告紙，仔細地看起來，看了幾眼，他臉上露出了笑容。

「檢測結果出來了，就是山毛櫸樹的樹皮……」保羅說。

為什麼博士要保羅檢測樹皮來自什麼樹和它的成分？

「老伙計，收好樹皮，我們馬上回去。」博士興奮地揮着那張報告紙，說完就向房子跑去。

「怎麼了？博士，你等等我呀……」保羅跟着跑去。

來到了莊園，樓頂上探出一個腦袋，是在樓頂值班的沃爾特，他看到博士匆匆跑來，不知道發生了什麼事。

「博士，有事嗎？」

「沒事，我們馬上上來。」博士向沃爾特揮揮手。

「好的。」沃爾特喊道。

博士和保羅上了樓，他倆先去奧布里的房間，招呼陪着奧布里看電視的本傑明和海倫去頂層，並讓奧布里和倫道夫安心看電視——白天鬼怪前來行刺的可能性不大，而且開啟的幽靈雷達能及時發現出現在幾百米外的鬼怪。

來到頂層，大家全都看着有些興奮的博士，根據多年的相處，海倫知道博士應該是發現線索了。

「沃爾特先生，你對這一帶的地理環境比較熟悉吧？」博士指了指四下。

「非常熟悉。」沃爾特說，「我在這裏生活了二十多年了，經常和奧布里先生外出釣魚、打獵什麼的……」

「那太好了。」博士連忙說，「來的時候我在車上看到了這邊的樹林，我的印象是這邊的樹林雜木叢生的情況好像沒有，都是單一樹種的樹林，比如説莊園東面就是一片橡樹林。」

「對。」沃爾特點點頭，「基本上是這樣的，這附近有橡樹林、山毛櫸林、榆樹林、樺樹林，都是單一的樹種形成一片樹林，當然，樹林中也夾雜着幾棵其他樹種，但比例極小。」

「太好了！」博士用力地握拳頭，「那你知道這附近有沒有大的山毛櫸樹的樹林呢？」

「有呀。」沃爾特指了指莊園的南面，「你看，過了大門前這一片麥田，有一條河，過了河有個很大的丘陵，丘陵上就有一片山毛櫸樹的樹林，我和老爺去那裏打過野兔……」

「離這裏有多遠？」博士向南望着，雖然在頂層，但他也只能看到莊園南面那一大片麥田。

「差不多有十公里吧。」沃爾特説，他又指了指莊園的西面，「那邊也有一個山毛櫸樹林，不過面積要小很多。」

「還有沒有其他山毛櫸樹林？」博士順着沃爾特手指的地方看了看。

「大一些的就這兩處。」沃爾特想了想，「其他好像也有，但是都很小，不成規模。」

「好，這就好辦了！」博士望着遠方，隨後看看大家。

「博士，你找到線索了？」本傑明迫不及待地問。

「老伙計，把那塊樹皮給我。」博士笑笑，對保羅説道。

保羅打開後蓋，升起托盤，博士拿起來那塊樹皮，給大家看了看。

「這塊樹皮被鬼怪施了清除咒，利用倫道夫清除寶劍上的保護咒。我讓保羅檢測過，這是一塊山毛櫸樹皮，很新鮮，並且含有魔湯成分，我判斷是鬼怪第一次行刺失手後，從山毛櫸樹上撕下來再施咒語的……」

「啊，博士，我知道了。」本傑明恍然大悟，「你是說那傢伙藏身在山毛櫸林裏，撕下來的樹皮一定是山毛櫸樹的，要是藏身在樺樹林裏，撕下來的就是樺樹林了。」

「對，就是這樣。」博士很高興地看看本傑明。

「為什麼這麼肯定呢？」沃爾特不解地問，「萬一是它經過那片樹林時隨手撕下來的呢？」

「因為你沒有上過魔法課，對施咒這種魔法術不了解。」海倫對沃爾特說，「魔怪施咒會借助一些輔助手段增加咒語的能量，博士說這塊樹皮含有魔湯成分，說明樹皮在魔湯中浸泡過，鬼怪隨身帶着魔湯的可能性不是很大，它應該是在自己的藏身地完成施咒的。」

「很好。」博士用目光讚許海倫，「我們可以推斷一下當時的情況。魔怪第一次行刺未果逃離莊園後，並未遠走高飛而是伺機再次行刺，當它得知沃爾特去請我們，隨後想出應對計策，先是回到在某個山毛櫸林的老窩，隨手撕下一片樹皮，泡進魔湯後施咒，然後攜帶樹皮再次來到莊園，捉住倫道夫，威脅他出面說鬧鬼是惡作劇，轉移我們的視線，同時安排倫道夫清除寶劍的保護咒，以便他第二次行刺。」

博士一口氣把話說完，大家都非常信服地點着頭。

「博士，我明白你的意思了，你是說那個鬼怪就藏身在南面的那個山毛櫸林裏……」沃爾特說。

「從概率上判斷，它藏在那裏的可能性非常大。一般惡鬼都會有個藏身的老窩，行刺奧布里的惡鬼也不會例外。倫道夫說過，惡鬼對莊園裏的情況有些了解，我判斷它在莊園附近隱藏、觀察有一段時間了，那它在莊園附近一定有個藏身的住處。」博士說，「這些惡鬼藏身的地方有墓地、森林、山洞，還有人類長年棄之不用的老房子。如果它們藏身森林，就會挑選那些林地面積大的樹林，這樣便於它們藏身。」

「沒錯，南面的山毛櫸林是這個地區最大的山毛櫸林了。」沃爾特說。

「那它藏在那裏的可能性就是最大的。」博士說，「我看過地圖，這附近適合魔怪藏身的地方有十幾處，面積達上百平方公里，逐處搜索不現實，現在可以說有準確目標了。」

「我判斷鬼怪藏身在南面山毛櫸林裏的可能性在85%以上。」保羅搖頭晃腦地說，「這是我綜合統計的結果，這個結果的準確性也在85%以上。」

「這……」沃爾特抓抓腦袋，「這倒是一個有趣的計算方式。」

大家都笑了起來。博士望着南面，隨後看看手錶。

「現在還不到十點。」博士說，他嚴肅地看了看幾個小助手，「我們現在就去抓它！」

「是！」小助手們一起回答。

「我也去。」沃爾特晃晃手裏的獵槍，「啊，是我們也去，尼爾、萊斯利，再叫上傑克……」

「沃爾特先生，你們留下來保護好奧布里先生。」博士說，「你們不會法術，如果真的遇上魔怪，風險很大。」

「放心吧，沃爾特先生，我去把它揪回來給你們看看。」本傑明揮揮手，「你就等着好消息吧。」

「我們去抓惡鬼，你們在莊園留守。」博士說，「我留下一台幽靈雷達，如果有警報發出，馬上給我們打手提電話。」

「啊，它會來嗎？」沃爾特有些緊張地問道。

「白天惡鬼的行動能力受到光線影響，會大大減弱，所以白天很少行動。它抓住倫道夫，也是在圍牆邊的陰暗處隱蔽進行的。」博士說，「大家集中在一起，做好防備，這樣就不會出問題了。」

「那就好。」沃爾特放下了心，「你們要快去快回呀，還有，千萬注意安全。」

「我們會小心的。」博士朝沃爾特點點頭。

第七章　海倫中箭

奧布里莊園的空氣緊張起來，得知博士他們要去抓那惡鬼，莊園裏的人既興奮又緊張。為了防止博士他們外出時惡鬼會來襲，博士要求所有人都集中到莊園大房子的三樓區域，樓頂由傑克和萊斯利守衛，監視着莊園裏的情況，奧布里房間門口由尼爾守衛。房間裏，沃爾特和兩個廚娘手持獵槍守在窗口，在房間中的桌子上，擺着一台幽靈雷達——博士已經將基本的操作要領教給了沃爾特。

「一定抓住它，一定抓住它。」房間的中央，倫道夫坐在沙發的一角，手持一面古代的盾牌，另一隻手拿着一把銀餐刀，渾身發抖，嘴裏一直止不住地唸叨着。

「看你嚇成這個樣子。」奧布里縮在沙發的另一角，他手裏拿着那把祖傳的寶劍，「我就沒你這麼窩囊，我只是有點害怕。」

「你當然不害怕了，要是惡鬼再來，他們一定都保護你，沒人保護我。」倫道夫咧着嘴，還是不住地顫抖。

「你還説呢！」奧布里瞪着倫道夫，揮揮手裏的寶劍，「好好的一把有保護咒的寶劍，讓你給清除了咒語！」

「對不起，老爺。」倫道夫慚愧極了。

「報告總管，他們出發了。」一個聲音從沃爾特的對講機裏傳出，樓頂上，頭戴鋼盔，一手握着獵槍一手拿着對講機的萊斯利報告道，「我這裏一切都好。」

「看到了。」沃爾特比起其他人來還算放鬆，他沒戴鋼盔，不過手持獵槍，他從窗口看着駛出莊園的汽車，然後舉起了對講機，「我們這裏也好，保持聯繫。」

博士駕駛着莊園裏的一輛汽車，向莊園南面的那片山毛櫸林開去，沃爾特已經給他畫了詳細的路線。

德文郡鄉間顯得非常安靜，平坦的道路上，幾乎看不見其他任何車輛和行人，道路的兩側都是寬廣無邊的麥田，汽車駛過，一些小鳥被驚動，從田間起飛。

前面的地勢逐漸高了起來，本傑明和海倫望着窗外，他倆此時略有緊張，海倫用幽靈雷達照射着外面，似乎希望能發現些什麼。

「過了這條河，就快到了。」博士看見前面出現了一座橋，橋下的河水靜靜地流過。

汽車飛快地駛過那座橋，過橋後，汽車一路爬坡，坡道非常緩，不過也顯示出這裏是一處丘陵地帶。

前方，沒有了麥田，取而代之的是一片片鬱鬱蔥蔥的森林。沃爾特説過橋後沿着路開三分鐘，會有一條通向樹林的小路，而這條小路的盡頭，就是那片山毛櫸林。

「那條小路。」海倫一下就看到一條小路，這條小路彎向遠處的一片樹林。

博士把車開到小路上，小路很不平坦，行車比較困難。路的兩邊，有一些山毛櫸樹，博士把車停在路邊。

「我們下車，走過去。」博士看到了前面那片連綿的樹林，在距離樹林還有幾百米的時候，他把車停下來。

下車後，大家沒有急着向前，博士看看周圍的環境。這裏非常安靜，似乎連鳥叫的聲音都沒有。

博士向幾個小助手招招手，把大家召集在身邊。

「我和保羅在前，你們跟在後面，注意腳下，不要弄出聲響。」博士指指眼前的樹林，小聲地説。

本傑明和海倫點點頭，博士揚揚手，一起向山毛櫸林走去。

沒幾分鐘，他們就來到了那片山毛櫸林前，這是一片很大的樹林，山毛櫸樹都非常高大，枝葉非常茂密。

博士在樹林前停頓了兩秒鐘，隨後走進樹林。保羅走在最前面，他的魔怪預警系統搜索着鬼怪的蹤跡，海倫的幽靈雷達也四下照射着，到目前為止，雷達顯示一直處於平靜的狀態。

進入寂靜的密林，大家都感到有一種異常的壓抑。他們都知道，魔怪的老窩不會在森林的邊緣，只會在森林深處，於是小心地穿梭在林木中間。林間一條小溪蜿蜒着流向樹林深處。

「等一下。」博士忽然擺擺手。

海倫和本傑明以為他發現了什麼，連忙站在原地，四下張望着。

「我們沿着這條小溪走。」博士指指那條小溪，「惡鬼應該會把巢穴設在有水源的範圍，這樣飲水方便。」

本傑明和海倫都點點頭，他們再次出發，沿着小溪向密林深處前進。

走了半個多小時的路，他們進入到密林的深處，這裏的地面上鋪滿斷枝，腳踩上去就會發出「嘎吱吱」的聲響，因此他們走得都很輕。那條小溪還在向前延伸着，小溪的水非常淺，有一些小魚在裏面游動着。

「咔嚓——」一個很大的聲響突然響起，大家都一愣，立即蹲下，做好了攻擊準備。

「不好意思。」本傑明的聲音傳來，他吐吐舌頭，「我踩在樹枝上了。」

「留神腳下。」博士見是虛驚一場，擺擺手，「走吧。」

大家繼續向前，就在這時，林子裏突然傳來「撲啦啦」的聲音，大家連忙站定，順着聲音望去，幾隻小鳥飛了起來。

「噓！是小鳥。」海倫鬆了口氣，進入到森林深處，他們越覺得緊張。

博士做了一個繼續前進的手勢。

又向前走了幾分鐘，樹林裏的路不像剛才那樣平緩了，前面的路高低起伏，一些不大的水塘左一處右一處的，還有一些很大的石塊鋪灑在樹林裏，很多石塊的下半部都埋在土裏，半截露在外面。

大家穿行在樹林和石塊中間，艱難地向前行進，林子裏好像更暗了，那條小溪微微發出流水聲，除此之外，就是大家走路的聲音了。

「博士——博士——」保羅忽然叫起來，他直立着身子，耳朵豎着，「預警系統有反應了——」

「博士，幽靈雷達也有反應了。」海倫的手顫抖着，雷達上顯示魔怪跡象的光柱微微地跳躍着，雖然幅度不大，但很明顯。

博士連忙躲到一塊一人多高的巨石後面，幾個小助手也跟了過去。

「判定方位。」博士對保羅說。

「一點鐘方向，距離四百三十米。」保羅回答道。

「跟我來，不要輕易攻擊。」博士對小助手們說。

他們一起彎着腰，借助着石塊和樹木的掩護，悄悄地向保羅探測到的方向行進。很快，他們就接近了魔怪藏身的地方，無論是保羅的預警系統，還是海倫的雷達，信號都越來越強烈了。

大家慢慢向前推進，博士躲到一棵大樹後，隨後把頭探出了大樹。

前方，有一堆石塊散亂地堆在幾棵高大的樹木中間，石塊的中間，是一塊高大的巨石，巨石的下端，露出一個黑黑的洞口。

「信號是從裏面發出來的。」保羅說，「它就在那個洞裏，不過洞口形狀是個不大的圓柱形，也許這傢伙會變形！」

「魔怪確實會變形。」博士點點頭，「你測一下距離。」

「九十一米。」保羅馬上説。

博士對藏在另外一棵樹後的海倫和本傑明招招手。

海倫和本傑明連忙湊了過來。

「我從正面、你倆從兩側包抄過去，用凝固氣流彈逼它出來。」博士説完看看保羅，「要是它負隅頑抗，老伙計，你就發射導彈，這個發射距離沒問題吧？」

「沒問題……」

保羅的話音未落，突然，一陣風聲從側後方襲來。

「閃開——」博士意識到了什麼，奮力推開身邊的本傑明和海倫，他的身體剛一移動，「嗖」的一聲，一枝箭射了過來，要不是博士及時閃開，那箭便會正中他的腦袋，與這枝箭一起飛來的另外兩枝箭是射向海倫和本傑明的，全都射空紮在地上，而失去重心的三個人都摔倒在地。

博士掙扎着爬起來，但是地面濕滑，他差點沒站穩。正在這時，又是一陣風聲襲來，博士剛想叫大家注意，但這次來不及了，海倫「啊」了一聲，趴在地上，她的後背中了一箭，手裏的雷達掉在地上。

一枝箭射到了樹上，差一點射到博士的脖子，另外一枝箭劃破本傑明的衣袖射了過去。博士也顧不得多想，他對着飛箭來襲的地方，猛地一揮手。

「飛盾！」

只見一個白光四射的盾牌出現在空中，這面盾牌的大小和一本雜誌差不多，此時正好第三批飛箭射來，飛盾上下翻飛，攔截住了三枝利箭。

「發射——」保羅情急之下，對着飛箭來襲方向連射兩枚導彈，他根本沒有看到是誰在射擊，也只是大致判斷出射擊者的方位，兩枚導彈射出去後全部炸

響，但不知道有沒有命中目標。

「海倫——海倫——」本傑明的手臂被箭劃破了，血流了出來，此時他哪顧得這些，他把海倫扶起來，拚命地呼叫着。

「沒有傷到要害。」博士看看海倫的傷，「本傑明，給她喝急救水——保羅，跟我上——」

博士撿起海倫的幽靈雷達，向箭射來的方向衝去，保羅連忙跟上，那個飛盾懸在博士的頭頂上方，也跟着博士向前移動。

飛箭是從一塊大石後面射來的，只見那塊石頭後面有個人頭一閃，看見博士衝來，連忙一揮手，又有三枝飛箭迎面射向博士。

懸浮的飛盾不用博士指揮，飛速迎上，飛盾上接下擋，三枝箭全都射在飛盾上。

石塊後的那個傢伙頓時顯得有些慌亂，這時，博士立即擲出一枚凝固氣流彈，「轟」的一聲，那塊石頭被炸成兩截，一個身穿黑色斗篷的傢伙顯現出來。

「攻擊——」穿黑斗篷的傢伙一揚手，大叫一聲，博士馬上認出了它，它就是那個刺殺奧布里的惡鬼。

隨着惡鬼的召喚，十幾隻山雀從它身旁的樹上像箭一樣俯衝下來，直刺博士和保羅，博士用手一揮，擋開了飛在最前面的一隻鳥，要是普通山雀，博士這一下早就擊落地了，可這隻鳥不但沒有落地，而是翻飛上天後再次俯衝下來，尖尖的嘴直衝着博士的臉。

另外幾隻山雀已經圍住了博士，牠們左衝右突，用尖尖的嘴啄向博士的雙眼，博士拚命護着頭，手臂被啄了幾下，血都流出來了。

還有幾隻山雀圍攻保羅，保羅奮力護着頭，但是身上的毛被啄得亂飛，只好沒頭沒腦地在地上轉圈。這些山雀明顯都有一定的魔力，應該是惡鬼馴養的。

「咬死他——咬死他——」最先衝下來的山雀飛在博士的頭頂，大聲呼叫，指揮着那些同伴，牠居然會說人類的話。

博士的臉被山雀啄了一下，顯得很狼狽，他沒有想到會遭到這樣的攻擊。博士揮手驅趕着山雀，但沒有任何效果，那些山雀依舊瘋狂地攻擊他和保羅。

「避火咒保護我和保羅——」博士猛地想到了對策，連忙唸了一句避火用的咒語，隨後又唸了一句咒語，「烈燄纏身——」

一團烈燄隨着博士的咒語立即包圍了他和保羅，這團

烈燄匯成一個大火球，那些山雀沒有防備到這一招，全部被烈燄裹在裏面，只有短短的兩秒鐘，所有山雀「劈劈啪啪」的掉在地上，全身發黑，還冒着煙，牠們全都被燒死了。

惡鬼看見自己馴養的山雀都被燒死，轉身就跑，博士在那股烈燄消失後，看見惡鬼的身影在前面的大樹後一晃，不見了蹤影。

「站住——」博士大喊一聲，追了一步，他忽然想起什麼，「保羅，攻擊它——」

保羅慌忙打開後蓋，但是後蓋沒有打開。

「博士——後蓋被卡住了——」保羅驚慌地叫起來，「兩邊全都打不開，故障出在左側蓋板上——」

博士連忙蹲下身，他用手去拉保羅後背左側的蓋板，只見蓋板上的毛掉了很多，蓋板的一角在山雀的啄擊下有些變形，就是這裏卡住了蓋板。根據設計，如果一側的蓋板打不開，另外一側的蓋板也打不開。博士情急之下掏出鑰匙，撬開了蓋板。

惡鬼早已不見了蹤影，保羅失去目標，但不甘心，他向惡鬼逃跑的方向射出了一枚導彈，「轟」的一聲，導彈在遠處爆炸。

「好了，老伙計。」博士制止了最後一枚導彈的發射。

保羅收起了導彈，博士向爆炸的地方走去，只見那裏的地面被炸了一個坑，但沒有惡鬼的任何蹤跡，博士無奈地走了回來。

「它……跑了？」保羅連忙問。

「跑了。」博士很懊惱地說，他突然感到一陣疼痛，用手一摸臉，發現臉上被山雀啄出兩個口子。

「博士，你還好吧？」保羅關切地問。

「還好。」博士説着往回走，「我們去看看海倫，她喝了急救水，應該沒事了。」

「奇怪，它從後面偷襲我們，距離這麼近，預警系統怎麼沒有發現它呢？預警系統壞了？」保羅説着調試了一下預警系統，忽然，他驚叫起來，「博士！那個洞裏還有魔怪反應！」

「發起攻擊！」博士馬上看看自己的雷達，幽靈雷達確實顯示那個洞裏還有魔怪。

保羅連忙打開蓋板，蓋板剛才被博士撬了幾下，現在可以打開自如了，他剛才只顧着對付偷襲者，忽視了洞裏還有魔怪存在的反應。

保羅的後背彈出發射架，他要發射最後一枚導彈了。

「保羅，停止射擊！」博士突然喊道。

保羅馬上終止了發射程式，疑惑地看着博士。

「跟我來——」博士説着揮揮手，向那個藏身洞跑去。

「博士——小心——」保羅跟在後面，提醒博士小心那洞裏的鬼怪。

博士沒有做出任何防護動作，直接跑到洞口，他向洞裏望了望。

「亮光球——」

隨着博士的一聲口訣，一個亮光球飛進了洞中，洞中的景象一下明亮起來。博士邁步進入洞中，保羅連忙跟了進去，這個洞不算大，裏面散落着一些動物的骸骨，還有一些瓶瓶罐罐，博士和保羅發現有些透明的罐子，裏面盛裝的明顯是魔藥。洞裏沒有任何魔怪，不過保羅的預警系統強烈地發出洞中有魔怪的警告。

洞裏的一塊石板上，放着一個盛着綠色液體的罐子，保羅詫異地望着那個罐子，因為信號源就是從這個罐子發出來的。

「魔怪信號。」保羅指指那個罐子，「是這個罐子發出魔怪信號。」

博士拿起罐子，把裏面的液體倒在地上，地上頓時升起一股綠色的濃煙，大部分的液體則滲入了地下。

「信號淡了。」保羅驚奇地説，他的預警系統的魔怪反應一下就減輕了很多。

「我們上當了。」博士把罐子扔到了一邊，微微點着頭，他看看保羅，「這傢伙察覺到我們前來，於是設下圈套，用魔湯做誘餌，自己隱去了魔性，藏在我們身後，想用偷襲的辦法把我們都解決掉……剛才你要發射導彈的時候，我猛然想到這個洞裏要是真有魔怪，剛才我們打鬥的時候它沒理由不出來幫忙，惡鬼逃跑後它不會還這麼沉穩地躲在裏面，所以叫你停止發射，果然是個圈套。」

「我……不是很明白。」保羅眨眨眼睛。

「是這樣。」博士解釋道，「一定是被惡鬼馴養的山雀發現了我們，提前報信，那傢伙知道魔法師是用探測魔怪魔性的儀器尋找信號源的，就把自己的一些魔性轉移到魔湯裏，魔湯是能儲存魔性的，它成功地把我們引到這裏，自己則隱藏在附近，你和海倫沒有探測到它是因為它隱去了魔性！」

「夠厲害的。」保羅張大了嘴巴，「好難對付呀，它要是隱去魔性，以後就找不到它了？」

「是很難對付。」博士説，「不過它是提前發現我們才隱去魔性的，而且一個魔怪要隱去魔性，要耗費大量的魔力，它也只能在短期內這樣做。」

「噢，是這樣呀。」保羅鬆了口氣。

「走吧，我們去看看海倫。」博士説。

第八章　夜半槍聲

他們來到了剛才躲藏的那棵樹下，海倫扶着樹坐在地上，本傑明手裏拿着急救水，蹲在海倫身邊。看見博士，本傑明站了起來。

「她好一些了。」本傑明搶先説，「我把箭拔下來了，還好沒有傷到要害。」

急救水喝下後，海倫的傷口閉合了，血也止住了，不過她受到重創，馬上恢復是不可能的。海倫的後背都被血染紅了，她臉色蒼白，呼吸緩慢。

「海倫，怎麼樣？」博士蹲下去問道。

「還好，有一點痛。」海倫勉強笑笑，她不想大家太擔心，「我受得了。」

「肌肉組織快速癒合會有疼痛感的。」博士安慰道，「不過放心，喝了急救水你很快就會好的。」

「博士，那傢伙跑了？」本傑明問。

「跑了。」保羅沒好氣地接過話，「還訓練了一羣山雀，不但發現了我們，給它報信，還圍攻我們，我的後背蓋板都被弄得打不開了，否則我一顆導彈就炸飛它……」

「這麼厲害？」本傑明瞪大了眼睛，「啊，對了，它剛才怎麼藏在我們身後……」

「我的幽靈雷達都沒有發現它。」海倫緩緩地接過話。

「那是它的圈套，我們中計了。」保羅把博士剛才說的話告訴了他倆。

兩人聽完，都感到非常震驚，看來真的遇到對手了。

博士在周圍轉了一圈，沒有發現惡鬼其他的住所或遺留物，便走到惡鬼的藏身處，唸了一句口訣，一股烈燄衝進了洞中，把裏面那些魔藥魔湯都燒毀了。

之後，博士和本傑明扶起海倫，向森林外走去。來到森林外，本傑明扶着海倫進了汽車，博士發動了汽車，向莊園開去。

汽車的後窗裏，保羅用遺憾的目光看着那片山毛櫸林漸漸遠去……

奧布里莊園裏，大家一直焦急地等待着博士他們的歸來，他們都認為博士這次前去一定能把鬼怪給捉住或殺死。奧布里幾次想給博士打電話，都被沃爾特攔住了，他說博士在捉鬼怪，沒時間接電話。

「你的朋友看起來很難對付。」奧布里對一直躲在盾牌後面的倫道夫說。

「我的朋友？」倫道夫不解地眨眨眼。

「就是那個惡鬼呀，你不是給它做事嗎？它不是你的朋友嗎？」

「啊呀，老爺，我說過了，我被它威脅呀。」倫道夫一臉委屈地說，「博士都說了，現在它也要殺我的……」

「他們回來了——」沃爾特一直守在窗邊，看到了由遠及近的汽車。

「啊？回來了？」奧布里連忙跑向窗邊，「太好了，一定抓住了倫道夫的朋友了……」

「老爺，我都說了，我是被脅迫的。它不是我的朋友……」倫道夫也把頭湊了過來，看着窗外。

汽車開到了莊園大門，海倫被本傑明攙扶着走下車，看上去非常虛弱，博士下車後和本傑明一起攙着海倫，保羅垂着尾巴跟在他們後面，無精打采。

「啊，海倫受傷了。」奧布里說着看看倫道夫，「你的朋友下手真狠呀。」

「我……」倫道夫翻着白眼，沒說話，他都懶得爭辯了。

沃爾特連忙出去迎接，海倫被攙扶到另一個房間裏休息。博士和本傑明、保羅來到奧布里的房間。

「博士，博士。」奧布里拉着博士的手，「把它除掉了？」

「沒有。」博士搖搖頭，「它又逃掉了，海倫還受了傷……」

博士把剛才的情況全部告訴了大家，房間裏的人聽了以後面面相覷，隨後個個垂頭喪氣。

「海倫沒什麼大礙吧？」沃爾特先開了口。

「沒事，喝了急救水，休息兩天就好了。」博士說。

「我要在門口擺上沙包、架上槍，我、我還要在房子周圍埋上地雷。」奧布里咬牙切齒地說，「埋上好多好多地雷……」

「我說老爺，這就能防住惡鬼？」沃爾特苦笑起來，「哪有用地雷炸惡鬼的？」

「那怎麼辦？」奧布里揮舞着手臂，「博士，你說我們該怎麼辦？它肯定還會來的……」

「會有辦法的！」博士認真地看着奧布里，「奧布里先生，我們不解決這個惡鬼，是不會離開莊園的！」

「啊？」奧布里馬上高興起來，「那太好了。」

「這次也不算白去。」博士說，「搗毀了它的老窩和那些魔藥，另外，它馴養的山雀幫兇也都給燒死了。」

「我知道你一定能對付它的。」奧布里給博士打氣，「下一步我們……」

「加強防衛，嚴防它來偷襲。」博士看看窗外，「放心，我們在這裏，它來也是送死，現在先要把海倫的傷儘快養好，我會仔細考慮怎麼對付那個傢伙的！」

「好，好。」奧布里馬上說，他看看廚娘，「薇拉，艾瑪，你們去照顧海倫，要給她做最有營養的東西吃。」

「是，老爺。」薇拉和艾瑪一起說。

「我得去修理保羅的機械系統。」博士對奧布里和沃爾特說。

「那好，你去吧。」

「本傑明，你休息一下，然後協助沃爾特他們巡邏，嚴防惡鬼來偷襲。」博士把海倫的幽靈雷達交給本傑明，「把這雷達安放在樓頂。」

「博士，我有個問題。」沃爾特想起了什麼，他指指雷達，「剛才你說了，那惡鬼隱去了魔性，雷達一時沒有發現它，它不會隱去魔性潛入莊園吧？」

「應該不會。」博士說，「魔怪隱去魔性要耗費極大的魔力，一般幾年都不會恢復，它剛才用了這招，再用會耗盡魔力的，那樣它就只是一個柔弱無力的氣團了，一股大風都能吹散它，它不會這樣做的。」

「那我就放心了。」沃爾特鬆了口氣。

博士帶着保羅去了自己的房間，沃爾特送來了一些維修工具，博士很快就把保羅後背的蓋板修理好了，他還找了些白色和黑色的線團，把保羅被山雀啄去的毛植上，讓保羅看上去不那麼難看。最後，博士把帶來的備用追妖導彈裝進保羅的發射架，這樣保羅的武器庫又備足了武器。

經過這半天的戰鬥，博士有些累了，他休息了一會，起來的時候，保羅已經和本傑明一起在外面巡邏了。

海倫一直在休息，回到莊園後不久，她又喝了一些急救水，感覺身體也有了些力氣，薇拉和艾瑪在無微不至地照顧她。

儘管博士幾人都在莊園裏，可壓抑和緊張的氣氛還是讓所有人都能感覺到。

奧布里莊園處於一種高度戒備的狀態。樓頂上，傑克和萊斯利手持獵槍，不停地走來走去；樓下，本傑明和保羅也定期外出巡視。

晚餐過後，博士和奧布里去海倫的房間看望了海倫，海倫吃了一些東西，已經能夠自己坐起來了，這當然都是急救水的功效發揮了作用，博士説海倫很快就能下牀走路了。奧布里對急救水很感興趣，還厚着臉皮和博士討要，想嘗嘗味道，可聽博士告訴他，健康的人喝了急救水只會嘔吐反胃後，他吐吐舌頭，不再要了。

夜裏，博士布置了莊園的防衛，奧布里的房間是防衛重點，門口由尼爾守護，本傑明和保羅守在一樓，樓頂值守的是沃爾特和萊斯利，傑克晚上休息，白天替換他們。

一切安排妥當，博士回到自己的房間休息。奧布里沒有看電視，也早早地休息了。奧布里莊園隨着夜色的深沉，也進入了寂靜的休眠狀態，只有樓頂上巡邏的人不時地走動着。

半夜，又起了風，風不是很大，樹葉和樹枝被風搖來晃去，微微的月光將枝葉搖動的投影映在房間裏，看上去好像有人在跳舞一樣。

博士一直安靜地睡着，睡到後半夜，醒了一會，他睡得不算安穩，一直想着怎麼對付那個鬼怪。過了一會，他漸漸地又睡着了。

「砰——砰——」兩聲清脆的槍聲，劃破了莊園的寂靜。

博士一躍而起，飛快地衝出門來到走廊，他房間斜對面就是奧布里的房間，只見尼爾抱着槍守衛在奧布里的房間門口，還睡眼惺忪，剛才他在房間門口坐着睡着了，剛剛被槍聲嚇醒。

「怎麼回事？」博士問。

「不知道呀。」尼爾説着去推奧布里房間的門。

「啊——不要殺我——」房門剛推開，房間裏就傳來倫道夫的喊叫聲，「老爺在裏面的房間——」

尼爾打開燈，只見倫道夫鑽在沙發下，他用盾牌護着身體，不住地發抖。

「老爺呢？」尼爾問。

「在裏面。」聽到是尼爾的聲音，倫道夫鬆了口氣。

尼爾和博士一起衝到套間門口，博士用力推開了門。

「啊——不要殺我——」房門剛被推開，裏面就傳出了奧布里的喊叫聲，「倫道夫在客廳，請去殺他——」

「老爺，你沒事吧？」尼爾問道，説着打開了燈。

「嗯？」奧布里把頭從被子裏伸出來，「是你們？剛才誰開的槍？」

「我們上樓去。」博士看到奧布里沒事，連忙對尼爾説。

他們連忙向外跑去，剛出門，本傑明和保羅正好趕來，他們一起上了樓頂，到了樓頂上，沃爾特正在那裏埋怨萊斯利。

「我看可能是隻流浪貓，看把你嚇得……」

「怎麼回事？」博士問。

「我……」萊斯利低着頭，「我看到樓下有個影子晃動，就開槍了，我好害怕……」

「可能是隻流浪貓。」沃爾特說，「他一直很慌張，地面上有樹枝的影子晃動，他也差點開槍，被我攔住了，剛才又說有影子晃動，還開了兩槍。」

「算了，沒事就好。」博士拍拍萊斯利的肩膀，「不用太緊張，要是有魔怪，雷達會有反應的，保羅也會提前預知的。」

「我知道了。」萊斯利難為情地說。

「尼爾，你和他換一下吧。」博士指指萊斯利。

「好的。」尼爾點點頭，「萊斯利，你去老爺門前站崗吧。」

「好。」萊斯利抱着槍走了，一邊走一邊嘟囔着，「我只是個園丁，我只是個園丁……」

一場虛驚，大家各自回到自己的崗位。博士理解萊斯利的緊張，這個莊園裏的人都是普通人，遇到這樣的情況，不緊張才怪呢。

第九章　燃燒的信件

第二天一早，大家都起來得很晚。海倫這天上午可以下牀走路了，她恢復得很好，大家都很高興。

這是非常平靜的一天。奧布里的活動範圍被限定在三樓，這令他很不舒服，以前他每天可都要出去玩。博士一整天的時間幾乎都在研究地圖，他在想那魔怪可能跑去的地方有哪些。

一天就這樣過去了，博士沒有找到什麼新的線索。晚上，奧布里莊園再次進入到緊張的氣氛之中，現在萊斯利被安排在奧布里的房間門口守衞，尼爾和沃爾特在樓頂值班。

這個夜晚也非常平靜。早上起來後，奧布里感到自己養足了精神，這幾晚他都沒怎麼睡好，昨晚算是睡了一個安穩覺。白天的時候，傑克去樓頂替換下尼爾和沃爾特，一個人在樓頂上值班。

海倫恢復得非常好，不但能自由走動，在本傑明和保羅的陪同下，還去樓頂鍛煉了身體，博士説她基本復原了，中午再服用一次急救水，就可以不用再喝了。

「海倫小姐，本傑明先生。」傑克抱着槍，坐在樓頂上，「要是你們能教我幾招魔法，如果鬼怪再來，我就能和它對打幾下了。」

「你以為魔法那麼容易學？」保羅說。

「魔法一時三刻可是學不會的。」海倫笑了笑，「你放心，我們在這裏呢，還有博士，你不用怕。」

「可是……」傑克欲言又止，他想了想，「惡鬼在暗處，博士看來一時也很難找到它，這樣拖下去……」

「怎麼？」保羅的眼睛瞪了起來，「你不相信博士？」

「這倒不是。」傑克說，「我只是着急……」

「着急有什麼用？我比你更着急。」保羅沒好氣地說，「惡鬼弄了幾隻鳥，把我啄成禿毛狗，再讓我撞見它，哼……」

「我知道你們很厲害……」傑克略微有些尷尬地笑了笑，忽然，他看見遠處的莊園大門前有輛郵車開來，「啊，是郵差，我要去收信了，你們幫我看一下。」

「你去吧。」本傑明說，「我們守在這裏。」

傑克把槍靠在一邊，飛快地跑下樓。在大門口，郵差把一些信件交給了傑克，傑克看了看，忽然揮舞着一封信，興奮地向這邊跑來，一邊跑還一邊喊。

「海倫，他喊什麼呢？」本傑明不解地問。

「聽不太清……」海倫仔細地聽着，「好像是在叫博士。」

「……博士，你有一封信——」傑克舉着那封信，興奮地跑向房子。

「他好像說有博士的信。」海倫驚異地看着本傑明。

「博士的信？」本傑明也愣住了，「寄到這裏？」

「你們在說我嗎？」博士和奧布里一起出現在樓頂入口，他倆來樓頂透透氣，順便看看海倫，害怕惡鬼的倫道夫也跟了上來，他知道和博士一起是最安全的。

「博士，傑克去收信了，他說有你的信。」海倫連忙說。

「傑克——」本傑明向樓下招招手，「上來，博士在樓頂——」

「博士，你來這裏有人知道嗎？」奧布里問。

「沒人知道呀。」博士很詫異，「怎麼會把信寄到這裏？」

「噢，我知道了，一定是追債的，你藏在什麼地方他們都會找到的。」倫道夫眉飛色舞地説，「博士，你欠了人家錢吧？」

本傑明乾咳兩聲，瞪着倫道夫，倫道夫吐吐舌頭，縮縮脖子，不再説話了。

「博士——你的信——」這時，傑克興奮地跑了上來。

博士接過信，這是一封看上去很普通的信。

「看郵戳是從鎮上寄來的，但沒有寫寄信人名字和地址。」傑克介紹道，「小鎮到這裏只有一公里，有信送過來就可以了，也不知道誰會寄來。」

信的正面的確寫了博士的名字和奧布里莊園的地址，博士把信反轉看了看，沒有找到寄信人的名字和地址。

「博士，會不會是……」海倫猛地抬頭，看看博士。

「那個惡鬼？」博士和海倫對視一下，隨後點點頭，「有可能。」

博士小心地撕開信封，從裏面拉出來一張信紙，剛剛把信紙拉出來一半，那信紙突然從信封裏飛了出來，飛出來的信紙像一塊刀片，直直地刺向博士的脖子，博士早有準備，他一閃身，信紙飛到了半空中。

「啊——」奧布里和倫道夫都驚叫起來，躲到一邊。

飛到半空中的信紙突然發出「嘭」的一聲，轉瞬間，信紙化作一團火燄，但那不是一團普通的火燄，火燄在半空中燃燒成了一行字——我一定能殺死奧布里！

這行字顯示了足足十秒鐘，隨後，燃字火燄化成了一股黑煙，慢慢散盡。

「哈哈！」倫道夫叫了起來，「這真是那惡鬼寄來的，他要殺死老爺，沒說殺我……」

「倫道夫！」奧布里緊握雙拳，兩眼噴火，怒視着倫道夫，在場的人都瞪着他。

「啊，對不起老爺。」倫道夫連忙躲到一邊。

「噢，博士，這可怎麼辦？」奧布里可憐巴巴地苦着

臉望着博士，「它説要殺死我。」

「它這是挑釁。」博士冷笑一聲，「你不要害怕……這樣也好，説明它就在附近，還跑到鎮上給我寄這封信。看起來它非常好鬥，不過這也符合惡鬼的自身特點，根據我的判斷，它要出手了。」

「啊——」奧布里嚇得一把抓住博士的手臂，「怎麼這樣説？它要來了嗎？」

「不用擔心。」博士安慰道，「我們在着急找它，它其實也着急。我們不但保護着你，還把它馴養的山雀燒死了，它一定被氣瘋了，任何鬼怪要氣成這樣，一定會瘋狂地還擊的，所以我判斷它要出手了。只要加強防範，這倒是一個好機會。」

「這次一定不會讓它溜了的。」本傑明在一邊用力地揮揮拳頭。

「嗯。」博士環視着大家，「現在我們不能慌亂，更不能着急，否則肯定會影響我們的策略。」

「我們聽你的。」海倫馬上説，「不會慌亂。」

「説是這樣説。」奧布里憂心忡忡，「晚上、晚上它會殺上門的，對吧？」

「那就讓它來吧。」博士用堅定的目光看着遠處的樹林，「就怕事情沒這麼簡單。」

奧布里莊園裏，博士接到那封恐嚇信的消息不一會就傳開了，害怕的不只是奧布里了，兩個廚娘聽到這消息後，瑟瑟發抖。現在就算不讓薇拉背槍戴鋼盔都不行了。沃爾特和尼爾睡到下午才起來，他倆也感到非常恐懼。

奧布里回到房間後，就一直躲在套房裏，不敢出來。那個倫道夫本來還覺得惡鬼不會來殺自己，但一想到惡鬼會殺上門來，或許順道把自己給殺了，也嚇壞了，他走到哪裏都拿着那面盾牌，手裏還拿着一把銀餐刀，他從書裏看到說鬼怪害怕銀質的器具。

最讓莊園裏的人感到害怕的就是，黑夜就要來臨了，黑夜的來臨，意味着那個惡鬼會隨時出現。儘管博士幾人還在這裏，但經過這幾次較量，那惡鬼法術明顯也很高超，不能小看。

晚餐是在奧布里的房間裏吃的，除了站崗的沃爾特和尼爾，大家都在房間裏。房間裏的氣氛非常緊張，大家都心事重重，奧布里甚至不敢抬頭看窗外——因為黑夜已經降臨了。

「我說你們，不用這樣吧。」海倫想打破這種沉悶，她已經不用再喝急救水了，基本上復原如初，「你們看看我，受了傷，不是很快就好了？那傢伙沒什麼好怕的。」

「你是魔法師。」倫道夫小聲嘟囔着，「我們又不是。」

「就是。」奧布里也跟着小聲地説，這次他沒罵倫道夫。

「所以我們會保護你們呀。」海倫説。

「保護你自己吧。」倫道夫小聲地説，「自己都被攙着回來……」

「你？」海倫生氣了，她咬了咬牙齒，沒再説話。

保羅走到倫道夫身邊，兩眼射出紅光瞪着倫道夫，倫道夫連忙閃到了一邊。

博士一直沒有説話，他理解大家的心情，如果要緩解這種氣氛，唯一的做法就是儘快抓到惡鬼。博士相信，惡鬼寄信不僅是挑釁，它還極可能主動出手——它知道博士會一直在莊園裏保護奧布里，這傢伙等不及了。

吃過晚飯，博士帶着保羅走到樓下，沿着房子巡視了一番，隨後，他又來到了樓頂，盯着遠處黑壓壓的樹林看了半天。

晚上十點多，博士在自己的房間裏，看着莊園周邊的地圖，保羅趴在一邊。另外的一個房間裏，已經康復的海倫看護着奧布里和倫道夫，樓下，本傑明把守着一樓的大門。

一直趴在地上的保羅盡量不去打擾博士的思考，忽然，他身體動了一下，隨即，他的雙耳豎了起來。

「博士，我探測到了魔怪反應！」保羅一下子站起來，激動地說。

第十章　莊園擒鬼

保羅的話音剛落，海倫激動地拿着幽靈雷達推門進來。

「博士，我發現了魔怪，它在莊園北面的圍牆外！」

「博士，我是沃爾特，幽靈雷達有了反應！」對講機裏傳出沃爾特的聲音，他在樓頂值班，樓頂還有一部幽靈雷達。

「沃爾特——」博士一把抓過對講機，「你們全部進入奧布里的房間，我們去對付那個惡鬼！」

博士簡單地部署了一下，沃爾特和尼爾撤到了奧布里的房間，兩位持槍廚娘也進入房間，奧布里聽説惡鬼出現了，嚇得和倫道夫一起鑽到了沙發下。

博士和海倫急忙下樓，叫上本傑明，一起向莊園北面的圍牆跑去。

「博士，它發現我們了，它跑了。」保羅衝在前面，大家剛衝出房子，那魔怪就離開圍牆向北逃竄。

「鎖定它。」博士喊道，「追！」

「它的移動速度很快呀。」海倫邊跑邊喊，她的幽靈雷達也鎖住了那個魔怪。

「一定要抓住它——」博士奮力地向前奔去。

來到圍牆下，他們各唸口訣穿牆而過。穿過圍牆後，他們進入到一片樹林中，夜晚的樹林黑漆漆的，博士幾人打開手電筒，照射着地面的道路向前追擊。

「它的速度太快了——」他們在樹林裏穿梭了一分鐘，保羅喊道，「我的信號越來越弱！」

「我失去信號了。」海倫懊惱地揮着幽靈雷達，「它跑出了我的搜索範圍。」

「我也失去了信號。」保羅又跑了幾步，站住不動了。

大家都站在原地。博士焦急地望着四下，但沒有辦法，失去信號也就失去了方向。

「哎，又給它跑了！」本傑明咬着牙，恨恨地說。

「啊，又有信號了。」海倫突然興奮起來，「在我們的北面——」

「我也鎖定它了。」保羅說着就向前跑去。

大家頓時又興奮起來，一起向北追去。

「博士，叫保羅攻擊它吧。」本傑明一邊跑一邊提議。

「距離有些遠。」博士説，「保羅，你有把握嗎？」

「距離太遠，信號不是很強。」保羅説，「導彈攻擊成功率不高，等我再接近它，保證把它炸飛。」

「那就快追——」博士呼喚大家。

追了近千米的距離，信號一下又消失了，大家再次站在原地，大口地喘着粗氣，不過沒過幾秒鐘，海倫雷達上的指針突然一跳，魔怪信號再次出現。

「追——」海倫説着就向前追去。

大家又追了一千多米，此時，他們已經追了有差不多五公里的距離了，魔怪的信號忽然再次消失。

「怎麼又沒有了？」海倫拿着手裏的雷達，對着前方搜索着。

「一定在前面。」保羅這次有了經驗，他沒有停下腳步，繼續向前追。

聽説海倫又失去了信號，博士在原地停了一下，看到保羅又向前追，連忙跟了上去。

「啊，又有了！」保羅興奮地喊道，「就在前面。」

這時海倫也發現了魔怪信號，大家向前跑去。

「哈哈，它不動了，信號越來越強了。」保羅非常興奮，「博士，再接近一點我就可以發射導彈了。」

「它不動了？」博士疑惑地問。

「是的，一動不動。」海倫説。

「等一下。」博士忽然站在原地，他飛快地掏出了手提電話，一手撥號碼，一手招呼大家，「馬上回去，我們上當了，奧布里有危險——」

大家都大吃一驚，不過都連忙跟着博士往回跑。

「沃爾特，我是南森。」博士一邊跑一邊對着手提電話喊話，「聽着，那個惡鬼正在往你們那裏去，你先去我的房間，在我的旅行包裏找到一個貼着『顯形粉』的瓶子，把裏面的粉末拋灑在奧布里的房間裏，然後叫所有的人組成一個防衛圈，只要惡鬼一出現就馬上開槍，我們立刻趕回來……」

布置完後，魔法偵探們大步流星地向奧布里莊園跑去。

奧布里莊園裏，大家本來都緊張地等在奧布里的房間裏，接到博士的來電，所有人都嚇壞了，沃爾特連忙跑到博士的房間，找到了那瓶顯形粉，他拿着顯形粉再次來到奧布里房間的時候，尼爾和萊斯利他們已經把桌子和沙發擺成了一個「小城堡」。

沃爾特把瓶子裏的粉末拋在「城堡」的周圍，他緊張得氣都透不過來了。

「沃爾特，快進來。」傑克喊道。

沃爾特也翻進了「城堡」。「城堡」裏的人都在不同程度地顫抖，所有的槍口都對着外面。奧布里拿着寶劍躲在「城堡」中央，倫道夫靠在他身邊，用盾牌護着自己。

「怎麼回事呀？這是什麼魔法師？怎麼讓我們自己防守呀……」倫道夫不停地嘟囔着。

「夠了，夠了。」奧布里拍打倫道夫的腦袋，「都給惡鬼聽見了，也許它不知道我們藏在這裏呢……」

「它是鬼，它什麼都知道的……」倫道夫爭辯道。

「不要怕，博士他們正在趕來！」沃爾特手持着獵槍，槍口對着窗戶，他強作鎮靜，但手也在不停地發抖。

「就是説惡鬼會在他們回來之前趕到了。」萊斯利哆哆嗦嗦地説，他的槍口對着房門，由於手發抖，槍口也不停地上下晃動。

「萊斯利，不要亂開槍。」沃爾特提醒道，「防守好你的方向。」

「我知道，我知道。」萊斯利一邊抖一邊説。

「怎麼還不來呀？」尼爾的槍口對着牆壁，好像惡鬼會從那裏竄出來。

「你說誰？」薇拉和尼爾背對背，「博士還是惡鬼？」

「當然是博士了。」艾瑪在薇拉的身邊，她把槍架在沙發上，她都能聽見自己的心跳聲了。

忽然，房間亮着的頂燈閃了幾下，隨後，那燈突然就滅了，房間裏頓時一片黑暗，只有微微的月光吝嗇地灑射進來。

「啊——」艾瑪和薇拉一起驚叫起來。

沃爾特防守的方向，有個無影無形的風團忽然從外面飄進了房間，那個風團在房間裏剛一落地，立即就顯了身，只見它身穿斗篷，臉色慘白，兩隻尖尖的手爪低垂着，在月光的映照下，惡鬼清楚地站立在窗前——顯形粉發揮了作用。

「它來了，在我這邊——」沃爾特大喊一聲，他一下就發現了從窗戶裏飄進來的鬼怪。

惡鬼看看自己的身體，很吃驚，它是隱身進來的，但看到自己的身形顯露，很快明白這是因為房間裏有顯形粉的緣故。

惡鬼冷笑一聲，邁步向房間中央走來。

「奧布里，你在那裏嗎？」惡鬼邊說邊向這邊走來。

「不要過來——」沃爾特喊道，此時，所有槍口都對準了惡鬼，惡鬼可不理睬沃爾特，繼續前進，沃爾特雙手不由自主地抖着，「不要過……」

「砰——」萊斯利沒等沃爾特説完，開了一槍。

「砰——砰——砰——」傑克他們跟着一起開火，一排子彈飛向了惡鬼。

萊斯利第一槍就擊中了惡鬼，它的前胸被打了一個又大又圓的洞，它停下腳步，看看自己的胸口，不過胸口的洞很快就恢復如初。

隨後射來的子彈也打中了惡鬼，不過對這惡鬼幾乎沒什麼大的影響。沃爾特也開槍了，他擊中了惡鬼的腦袋，惡鬼的半張臉被打飛，但那殘缺的部分很快就長好了，它只是稍微站了一下，隨後繼續前進。

「集中火力，打它的頭！」沃爾特指揮道。

所有的槍一起對準惡鬼的腦袋，一排子彈掃過去，它的頭頓時不見了，沒等大家高興，站立不倒的惡鬼卻再次長出了一個頭。

「去——」惡鬼揮了一下手臂，只見大家手裏的槍全都飛出自己的手裏，它又揮了一下手臂，護衞着奧布里的沃爾特等人被一股強風吹得東倒西歪。

「奧布里，你在嗎？」惡鬼説着直接走到房間中央。

奧布里和倫道夫本來在大家的身後，沃爾特他們被

吹倒後，奧布里和倫道夫直接面對那惡鬼，只隔着一面盾牌。

惡鬼走過來，一腳踢飛盾牌，奧布里猛地跳起來，舉着寶劍就砍，惡鬼一擋，奧布里的寶劍頓時飛了出去，惡鬼卻一把揪住了奧布里。

「哇——救命——」倫道夫看見奧布里被抓住，跳了起來，他把手裏的銀餐刀猛地擲向惡鬼，轉身就跑。

惡鬼一手抓着奧布里，另一隻手的指尖直刺向奧布里的頸，這時倫道夫的銀餐刀飛來，月光下餐刀銀光一閃，對銀質器具的確恐懼的惡鬼連忙用手擋開那把餐刀。

就在這時，「啪」的一聲，只見一枚發着白光的氣團擊中了惡鬼那隻抓着奧布里的手，鬼怪慘叫一聲，鬆開了手，奧布里滾落在地上。

窗外，博士穿窗而入，隨即站在惡鬼面前。

惡鬼惱羞成怒，舉手就劈向博士，博士用手一擋，另外一隻手猛地擊向它的腰部，「噗」的一拳，惡鬼被打中，翻倒在地。

惡鬼掉頭就向窗外跑去，剛剛跑到窗邊，被正從窗外飛進的海倫和本傑明各一腳踢了回去。

沒等惡鬼站起來，博士上去又是一腳，惡鬼又慘叫一聲後倒地。

海倫高高躍起，一腳踩向倒地的惡鬼。

「電光護身——」惡鬼慌忙喊了一句魔法口訣。

「啪」的一聲巨響，海倫踢向惡鬼的腳被一道白色閃電攔住，她當即翻滾着倒在地上，想爬起來，但渾身疼痛，怎麼也抬不起身子。

惡鬼看到海倫被擊倒，飛身就向她撲去，尖尖的手指直插海倫的脖子。博士在另一邊，想飛過去阻擋已來不及了，他看見腳旁有一面盾牌，連忙用腳一踢，盾牌直直地飛起來，正好擋在海倫的身體上，惡鬼的指尖戳到盾牌上，只聽「唥」的一聲，盾牌被戳開一個大洞，滾落到一邊。

惡鬼翻滾着落地，剛剛站穩，本傑明一腳從身後踢來，這傢伙一閃，轉過身來和本傑明打在一起。

「海倫，沒事吧？」博士扶起海倫，海倫咬着牙，她身體剛好，剛才被惡鬼電了一下，非常難受。

「我還好。」海倫扶着牆壁，慢慢地站穩。

博士見海倫沒事，衝上去攻擊惡鬼，一邊的艾瑪和薇拉一起扶着海倫。此時的奧布里已經被沃爾特和萊斯利掩護着撤到門外，倫道夫也跟着跑了出去，尼爾和傑克則撿起了槍，對着惡鬼，找機會射擊。

博士、本傑明和鬼怪打在一起，鬼怪本已經將本傑明逼到了角落，博士的加入改變了戰局，惡鬼有些招架不住，開始向牆邊後撤。

「嗨——」本傑明看到惡鬼後撤，從側面飛出一腳，這一腳正好踢在惡鬼的腰部，惡鬼當即被踢翻在地，它就地一滾，忽然看到本傑明第二腳踢上來，要躲避已經來不及了。

「電光護身——」惡鬼唸了句口訣。

「本傑明，收住——」博士見狀連忙喊道。

本傑明飛出的一腳已經收不住了，就在他的腳即將接觸到鬼怪的時候，一道閃電白光閃過，本傑明被電擊中，當場就被彈飛了，博士已有準備，飛身過去接住了本傑明。

「砰——砰——」尼爾和傑克雙雙開火，子彈一起射向惡鬼。

子彈穿過了惡鬼的身體，不過它根本就不在乎這種攻擊，又看到本傑明被電倒，它非常得意，於是，揮舞着手臂襲向博士。

本傑明沒有大礙，博士把他扶到一邊，那邊惡鬼已經猛撲過來，它的手爪直直地刺向博士。

「博士小心！」尼爾慌忙喊道，他和傑克停止了射擊，怕誤傷到博士。

博士一閃，躲過了惡鬼的攻擊，但衣服被劃破了。博士連忙後退兩步，雙手一揮。

「凝固氣流彈——」

隨着博士的口訣，兩枚凝固氣流彈筆直地飛向惡鬼，惡鬼也不躲避，而是張開了雙手。

「電光護身——」

巨響和白光過後，兩枚氣流彈接連被彈開，惡鬼見自己的招數非常有效，更加得意了，它揮動着雙臂，劈頭蓋臉地砸向博士。

「千斤鐵臂——」博士又唸了句口訣，雙臂頓時變得堅硬無比。

「哢——哢——」兩聲，博士的手臂迎擊惡鬼，惡鬼一下就被彈開。它後退幾步，「啪——啪——」兩聲槍響，尼爾和傑克見它和博士分開，又開始射擊。

惡鬼雙手一晃，擋開了飛來的兩枚子彈。

「砰——」的一聲槍響，房門那裏，沃爾特也開始了射擊，有博士在，大家也都不再那麼害怕了。

「打中沒有呀？」奧布里在沃爾特的身後，伸出脖子想去看看。

「老爺，小心，它是專門針對你的。」萊斯利一把拉住奧布里。

惡鬼沒留意，沃爾特的子彈一下射穿了它的腦袋，它的腦袋晃了一下，那被擊穿的洞迅速癒合。

「你們——」惡鬼非常生氣，子彈雖然不能擊倒它，但這樣的騷擾讓它非常煩心。

「砰——砰——砰——」又是三顆子彈，惡鬼氣呼呼地擋開了子彈。

就在惡鬼擋開子彈的時候，博士看到地上奧布里的寶劍，他就地一滾撿起那把寶劍。

「停止射擊——」博士大喊一聲，他雙手握着寶劍，飛身一躍，劍尖直刺惡鬼。

惡鬼見狀，慌忙後退兩步。

「電光護身——」惡鬼連忙唸口訣。

寶劍的劍尖直抵惡鬼的前胸，就在距離它前胸僅有幾厘米距離的時候，「啪」的一聲，一道白色閃電攔在惡鬼的身前，這道白色閃電隨即發着「劈劈啪啪」的聲音，纏繞住寶劍，博士早有準備，他順勢把寶劍拋向天花板，那股閃電纏繞着劍身，跟着一起飛到了半空中。

「啊？」惡鬼一下愣住了——為它護身的電光被引走了。

沒等惡鬼反應過來，博士的雙拳狠狠地擊打在它的胸口，遭到突然打擊的惡鬼慘叫一聲，身體橫着飛出去，撞在牆上，隨後翻落在地上，倒地後，一股黑水從它口中噴出。

遭到致命一擊的惡鬼想爬起來，但是沒有成功，就在這時，它背後又被狠狠地踢中了一腳，海倫已經恢復過來，看見距離自己不遠處想爬起來的惡鬼，飛過去就是一腳。

惡鬼又被踢中一腳，當即趴在地上，怎麼也爬不起來了。

「打——打——」薇拉和艾瑪見惡鬼倒地，都很興奮，她倆隨手抓起身邊的東西，擲了過去。

「打死它！打死它！」尼爾和傑克衝上去就近距離射擊。

「打中了！打中了！」奧布里探出頭，看

到惡鬼倒地，激動地衝過去，沃爾特想阻攔，但是沒有攔住。

奧布里衝出去後，萊斯利和倫道夫也探出頭，看到大家圍攻倒地的惡鬼，頓時興奮起來，倫道夫一把奪過沃爾特的槍，也衝了過去。

「你害得我沒了工作！」倫道夫說着「砰」地開了一槍，子彈打在惡鬼的身上，「你還威脅我！」

「大家小心！」博士忙去拉住大家。

第十一章　惡鬼特倫斯

莊園裏所有的人都撲了上去，又打又砸，惡鬼想爬起來，但一點力氣都沒有。奧布里叫罵着，從尼爾手上搶過槍，頂着惡鬼的腦袋連射幾槍。

海倫用綑妖繩把鬼怪綑住，它連掙扎的力氣都沒有了。博士看到惡鬼完全喪失了抵抗能力，放心了。他勸阻着大家，他還有問題要審問惡鬼。

「保羅，上來吧，不用你出場了。」本傑明走到窗邊，對着埋伏在下面、防備惡鬼越窗而逃的保羅喊道。

保羅唸句口訣飛身進屋，他看了看那個被綑住的惡鬼。

「嗨，我都準備好了那致命一擊呢。」保羅遺憾地說，「這傢伙不是挺厲害的嗎？」

「為博士省了一枚導彈，不好嗎？」本傑明說，「博士老說經費緊張……」

那邊，惡鬼躺在地上，閉着眼，大口地喘着粗氣。艾瑪打開了房間裏的壁燈，海倫給博士搬了一把椅子，博士坐在椅子上，大家都站在他身邊。

「博士，你先說說怎麼發現上當的吧？」海倫急着問。

「一開始我只想着抓它，忽視了一些問題。」博士解釋道，「我們追擊了一會，信號中斷，但馬上又恢復，這樣我們被它往北引了五公里，我隱隱覺得有問題了。這傢伙很狡猾，也知道我們用儀器能探測到它，沒理由直接溜到圍牆邊被我們發現，其實它的目的就是引開我們。追擊的時候，它的移動速度極快，完全能夠擺脱儀器的搜索而逃脱，但它沒有這樣做，而是保持和我們的距離，引我們向北走，這當然引起了我的懷疑。」

「啊，博士，我當時可沒想到這些，就傻乎乎地追。」本傑明不好意思地説。

大家都笑了，博士也笑了笑。

「追到最後，我們鎖定的目標不動了。」博士又説，「你們想想，它哪裏會一動不動地等我們去抓呀，上次它用過把魔性轉移到一罐魔湯裏引我們注意的招術，這次又用了這招，它一定是在莊園北面五公里遠的地方事前設置好魔湯，以便把我們引到魔湯附近。這樣，它就能快速脱離我們的搜索範圍，返回莊園作案，等我們發現上當，返回來的時候已經晚了……我説的沒錯吧？」

說着，博士踢了踢腳邊的那個惡鬼。

「算你厲害！」惡鬼咬牙切齒地説。

「你的老窩都被我們搗毀了，哪裏來的魔湯？」海倫問。

「重新找原料來配製，原料不難找。」惡鬼喘着粗氣説。

「真夠狡猾的。」海倫説，「真的就差一點呀，還好博士識破了它的招數。」

「你為什麼要殺害奧布里先生？他得罪過你嗎？」博士問出了大家都想知道的問題。

「沒有。」惡鬼搖搖頭，然後惡狠狠地瞪了奧布里一眼，「但是他的祖先殺害了我，就是那個奧布里三世！建造這座莊園的那個人！」

「啊？」奧布里死盯着惡鬼，一臉驚異，「你……你就是特倫斯？」

「沒錯，我就是被你祖先殺害的特倫斯，我為你家服務多年，犯了那麼一點小錯誤，就被你們殺了，我……」

「等一下，等一下。」博士連忙擺擺手，「這到底是怎麼回事？」

「我的家族歷史中記錄過這個傢伙。」奧布里指指惡鬼特倫斯，「大家不要相信他，他本來是我祖先奧布里三世的僕人，因為賭博輸了錢，就偷主人的錢，被我祖先發現，他就用匕首刺殺我祖先，結果被我的祖先奪下匕首殺死了，是他先偷東西的，被發現後還想殺人滅口……」

「我求他放過我，可他不依不饒，一定要把我送到大法官那裏。」惡鬼氣呼呼地說，「我為你家服務了十多年，才偷了兩鎊，就被殺了！」

「你好像很有理呢，你為什麼用匕首刺我的祖先？他都被刺傷了！」奧布里說着猛踢惡鬼一腳，「奧布里四世那時候還未出生，你要是殺害了我的祖先，現在就沒有我了！」

「到現在你還沒有發現自己有什麼地方不對。」博士搖搖頭，隨後看了看大家，手指着惡鬼，「我明白了，這傢伙覺得自己受了天大的委屈，怨氣難消，仇恨未報，而且他是被人用匕首刺死的，算是慘死，這種人死後最易轉化成惡靈，它也確實變成了一個兇殘的惡靈。」

「你幾百年前就死了，為什麼現在才來找奧布里的後代算賬？」海倫想到一個問題。

「我變成鬼後，就想報復奧布里三世。」惡鬼特倫斯說，「我被埋進墳墓後，沒有什麼魔力，只是一個淡淡的氣團，奧布里三世找來一個魔法師，對我的墳墓施了咒語，讓我永遠不能靠近奧布里家族的人。後來我逐漸強大，離開了墳墓，變成了有魔力的鬼，但是根本無法靠近奧布里家族的人，無論是靠近他家外出的成員還是奧布里莊園，距離三百米就渾身發痛，我就這樣在莊園外遊蕩了幾百年。」

「看來你的祖先不僅僅用施咒的寶劍保護你們家族，還找魔法師對墳墓施了咒。」博士對奧布里說，「他也怕這傢伙變成鬼進行報復。」

「那你現在怎麼能靠近奧布里了？」海倫繼續問。

「十多天前這裏下了一場暴雨，我當時躲在樹下，被一道閃電擊中，我感覺到那個咒語好像也被擊碎了，身體輕鬆了很多，我就試着靠近奧布里莊園，接近莊園的時候一點疼痛感都沒有了，我知道那道魔咒真的被閃電擊碎了，非常高興，我能報仇了……」

「可是奧布里三世都死了幾百年了，你找誰報仇？」本傑明打斷了它的話。

「殺不了奧布里三世，殺了他家的後人也可以，我要殺光他所有的後人！」特倫斯咬牙切齒地說，「這樣也是報仇了。」

「這就是魔怪本性，我們在學校裏學過的。」海倫看看本傑明，隨後她又看看特倫斯，「你就開始動手了？」

「一開始我還不太敢，先是派我馴養的山雀探聽莊園裏的情況。」特倫斯說着頓了頓，「得知莊園裏有個奧布里家族的後代，美國還有一個，我就想先把莊園裏的解決掉，再去美國解決另一個，這樣奧布里家族就再沒有人了。那天半夜，我進了莊園，但沒想到老奧布里還有一手，就是那把寶劍，我要動手的時候，施咒寶劍一閃，我感到渾身疼痛，馬上就跑了。第二天，山雀聽到莊園有人去倫敦請魔法師，我就捉住了倫道夫，讓他説鬧鬼是自己幹的，誤導你們。我通曉法術，知道魔法師施在器物上的魔咒容易被清除咒語解除，就讓倫道夫把施了清除咒的樹皮貼在寶劍上，事成後在樹上綁藍布條表明他把兩件事都完成了，我派出的山雀也看到你們乘坐汽車走了，所以，我又第二次潛入莊園行刺。寶劍確實被清除了咒

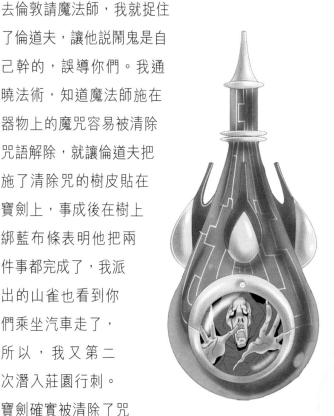

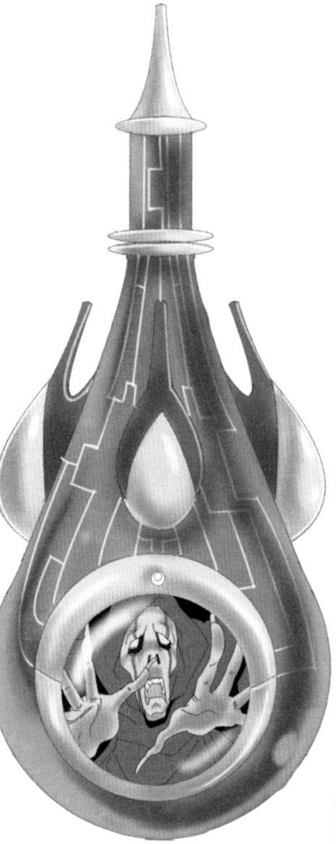

語，可沒想到你們根本沒有走，藏在莊園裏等我。」

說完，特倫斯長長地歎了一口氣。

真相大白，特倫斯被收進了博士的裝魔瓶，它永遠也不能靠近奧布里莊園了。

尾聲

解決掉惡鬼特倫斯後，博士他們本想回去，但奧布里就是不同意，他一定要請博士他們在莊園裏住上幾天，好好享受德文郡的美食，再去領略一下德文郡的鄉間風光。看倫敦那邊也沒有什麼緊急的事，博士就同意了，海倫、本傑明和保羅當然是非常高興。

這天，魔法偵探們在沃爾特的帶領下，去莊園旁邊的河邊釣魚，奧布里本來也要去，後來又說要在家裏寫家族史，就沒有去。

下午的時候，收穫頗多的魔法偵探們興高采烈地回到莊園，他們剛剛來到二樓，就聽見奧布里的房間裏傳來吵鬧聲。

博士推開房門，只見倫道夫氣呼呼地站在奧布里身邊，要搶奧布里手裏的本子，尼爾和薇拉在一邊哈哈地笑。那天解決了惡鬼特倫斯後，倫道夫説自己用銀餐刀救了奧布里，還保證自己會悔改，請求奧布里不要解僱他，奧布里一心軟，又讓他留下了。

「啊，博士，你快來，看看老爺怎麼寫我呀……」倫道夫看到博士，滿腹委屈地跑過來說。

「啊，博士，你聽聽我寫的家族史。」奧布里也跑了過來，「……變成惡鬼的特倫斯最後被收進了裝魔瓶，但是危害家族的傢伙就此消失了嗎？沒有，倫道夫就是一個，今後他會不會偷錢的時候被我發現後就要謀害我、變成另外一個特倫斯呢？很有可能……」

「不要唸了！」倫道夫跑過去搶那個本子，「博士，你看看老爺，他這樣寫我……」

「……所以，未來的子孫們，你們招收僕人的時候，千萬不要招收有這樣特點的，這些特點是特倫斯和倫道夫共有的……」奧布里一邊跑一邊唸，「身高全部在一米八左右，吃飯的時候總是發出很大聲響，酷愛挖鼻孔……」

「什麼？老爺你幹嗎這樣說我……」倫道夫跑過去搶那本子，尼爾攔住了他，讓奧布里繼續唸。

博士和小助手們全都在一邊笑起來，倫道夫搶不到本子，氣呼呼地坐到沙發上。

「倫道夫，經過這次事情，我想你今後一定會改掉不好的習慣。」博士微笑着說。

「當然。」倫道夫連忙說道，「我再也不會賭錢了，我……我還要在這裏好好做事。」

「嗨，和你開個玩笑。」奧布里也坐到了倫道夫身邊，「要是不相信你，我就不會把你留下來了。」

「謝謝老爺。」倫道夫用感激的目光看看奧布里，「我再也不賭錢了……」

「還有呢？」奧布里問。

「吃飯時我盡量不發出響聲……」倫道夫説。

「還有呢？」奧布里問。

「老爺，我並沒有經常挖鼻孔啊！」

奧布里翻翻眼睛，在場的人都笑了起來。

推理時間

麥克警長，蘇格蘭場（倫敦警察廳）高級督察，南森和警方的聯絡人，也是一名大偵探，屢破奇案。當然，他所偵辦的都是人類世界中的案件。一起來看看他偵辦過的案件，運用你的推理能力，想一想他是如何破案的呢？

誰在說謊？

來自英格蘭紐卡素的大富翁安森到倫敦出差，結果在住的酒店裏洗澡時被人殺死了，他隨身帶着一名助理和兩名保鏢，三個人都向前來破案的麥克警長說明了事發情況。

「我確實是第一個進入房間浴室的，當時我在客廳的辦公桌處理文件。」助理比斯利先生說，他推了推眼鏡，「浴室有很大的水聲，所以一開始我聽得不是很清楚，後來我聽到很大的聲音，推門進去一看，安森先生脖子中刀，而當時還放着熱水。你們也發現了，浴室窗戶是關着的，但是一推就開，我想是有人從窗戶跳進來殺害安森先生後逃走，走之前關上了窗戶，大概是想製造安森先生是自殺的假像吧。」

「我覺得比斯利先生說得對，有人從外面進入浴室行兇，這個套房在地面層，兇手進來都不用爬樓。」保鏢紐曼先生說，他歎了口氣，「哎，安森先生在生意場上可得罪了不少人呀，很多人都恨他，否則他也不會僱用兩個保鏢了。」

「你們不會是懷疑我吧？」保鏢德雷先生說，他看看窗外，「是的，前些天我向安森先生借錢，他沒有借給我，還罵了我，最近生意不好，他情緒很壞。我也確實還嘴了，我說他那麼有錢，我就借一點錢都不給，但是這不能說明我懷恨在心呀，我是第二個進入浴室的，那時安森先生已經死了，我想應該是有人跳進浴室殺了他又跑了。」

「好了。」麥克警長點點頭，「我已經知道誰在說謊了，而說謊的人，就是真兇。」

麥克說出了自己的推斷，果然，他找到了真兇和證據。

請問，三人之中誰是真兇？為什麼？

答案：助理比斯利是真兇，他戴著眼鏡，進入放著熱水的浴室後，眼鏡鏡片會立即被霧氣蒙住，什麼都看不見，他的描述是在說謊，所以麥克警長判定他是兇手。

魔幻偵探所 12

莊園鬼影（修訂版）

作　　者：關景峰
繪　　圖：陳焯嘉
策　　劃：甄艷慈
責任編輯：周詩韵
美術設計：李成宇
出　　版：新雅文化事業有限公司
香港英皇道499號北角工業大廈18樓
電話：（852）2138 7998
傳真：（852）2597 4003
網址：http://www.sunya.com.hk
電郵：marketing@sunya.com.hk
發　　行：香港聯合書刊物流有限公司
香港新界大埔汀麗路36號中華商務印刷大廈3字樓
電話：（852）2150 2100　傳真：（852）2407 3062
電郵：info@suplogistics.com.hk
印　　刷：中華商務彩色印刷有限公司
香港新界大埔汀麗路36號
版　　次：二〇一八年八月初版

ISBN：978-962-08-7128-3

18/F, North Point Industrial Building, 499 King's Road, Hong Kong
Published and printed in Hong Kong